日本語
從 **2266,** 到
連溜1分鐘!

口語
全新進化!

吉松由美、西村惠子、
田中陽子、山田社日檢
題庫小組‧合著

U0080065

1

自問自答法
+4口語技巧演練大公開
不用出國,自問自答也能練出溜日語!

隨看隨聽

MP3+QR Code
線上下載學習更方便

有一肚子的日語想說，卻說不出口。
要不然就是一開口，卻說不了幾句。
自問自答法＋４大口語技巧演練，
給一說出口就弱掉的您，口語全新進化！
不用出國，也能練出溜日語，一口氣說很長！

與日本人說話，總是腦袋一片空白。
讀到廢寢忘食，日語還是只能說「隻字片語」。
讀了萬卷書，卻沒辦法和超市的店員說上半句話。
辛苦考過了日檢，日本人卻還是和我說英文。

不要再紙上談兵，也不要認為自己是內向、害羞。讓本書帶領您進入溜日語情境，
從詞組地圖、句型、實際對話到自問自答練習，讓您有辦法好好說日語，話題說不完，連溜１分鐘。
搭配 N5 程度的文法和詞彙，讓原本的基礎添加新的元素與色彩，滿足您應考和應用的需求。

本書精華：

▲ 開啟話題的詞組地圖，啟發聯想，告訴您可以如何尋找話題。

▲ 九宮格學常用句型，一次學會 16 句實用例句，為對話建立架構。

▲ 實際聆聽會話，跟讀培養道地的漂亮發音，從模仿中學習。

▲ 再配合 4 種不同技巧訓練、情境演練，大量活用練習：

◎ 練習一、替換詞組說說看，舉一反三、高效學習。

◎ 練習二、句子合併串聯＋問答練習，學會用通順語句，完整表達。

◎ 練習三、即時應答，了解日語中的曖昧應答和文化，前進日檢。

◎ 練習四、自問自答練習，引導讀者從語順、提問、串聯語句到可以連講一段長文。

「會話」對日語學習者來說一直是道難以跨越的瓶頸。

瓶頸一：好像學過、也聽得懂，卻無法說出正確的回應。

瓶頸二：讀了那麼多書，卻考過就忘，根本不會用。

瓶頸三：不知道該聊什麼，一問一答好尷尬。

就讓本書成為您的練習夥伴，為您理清盲點，突破障礙，給您全新的表達面貌。讓您不出國一個
人自學，也能一口氣講出一大段流利日本語！

本書特色：

▲ 詞組地圖｜從主題開啟話題聯想，串聯詞組記憶

如何開啟話題？是讓許多人不知所措的問題。本書依主題分類，從主題向四面八方延伸相關詞組，啟動讀者的聯想力，帶您找出源源不絕的話題。同時不用死背硬記，也能將每個主題的單字串聯記憶。

▲ 活用句型｜九宮格學句型，網羅生活素材，建構對話骨架

文法句型是構成一句話最重要的元素之一，本書在聆聽對話前，幫您用 N5 程度的句型為您打好基礎。用句型九宮格歸納生活中各種時刻必說的詞句，一個句型一次學會 16 種說法，讓您從早說到晚，詞彙量大躍進！學完立刻活用於會話，還能同時準備日檢。

▲ 聆聽會話｜句型實際應用，跟讀養成道地口音

為您示範主題相關的雙人對話以及問答對話，並在對話中應用 N5 句型，讀者可在聆聽中抓住所學的句型和單字，加深記憶力。一邊聆聽，一邊跟著朗讀，抓住聲調的強弱起伏，讓您練就一口標準的東京腔。

▲ 實際演練｜四種口語技巧大量練習，讓您口語全新進化

口語是可以練習的技術，要讓自己口語進化，就需「有效刻意練習」。有了以上的基礎後，循序漸進用豐富的口語技巧讓您動口又動手，迅速累積會話、聽力實力！題型有：

★ 替換詞組，簡單說出完整日語

為您精選常用的會話，並藉由填空的方式，讓讀者自行填入不同詞組，舉一反三，會話就是這麼簡單。再搭配大量活潑插圖，加深情境聯想力，深入記憶！

★ 合併串聯句子＋問答練習，學習多種表達方式

用兩種練習訓練流暢表達和應答的能力。合併及串聯句子，教您活用文法來說出通順且完整的語句，不再只會「です」、「ます」結尾。問答練習訓練您主動提問和準確回答的能力，透過和自己練習對話，不出國也能無師自通，練出溜日語。

★ 即時應答，深入了解語言及文化，前進日檢

結合日檢 N5 的第三和第四大題，以簡短問答的考題，測驗讀者是否能立刻給出適當的回應。考題中包含許多日本人的慣用句和曖昧說法，讓您一面熟悉日檢考題，一面深入認識日本人的說話文化。

★ 自問自答，當自己的練習對象，從短句到長文

不少讀者都有這樣的困擾，雖然能說，卻不夠完整，或是只能簡短且斷斷續續的回答。因此本書用 4 個步驟引導讀者，從句子排序、提出問題、句子合併到最後拼出完整長文，循序漸進的訓練讀者文法、閱讀、口說等多方面的技能。跟著本書一步一步學，講出流暢語句真的沒有那麼難！

本書專為 N5 程度、初學日文的讀者編排，扎實的練習讓您一次提升聽說讀寫四大能力，自學也能從中獲得道地且全面的日語會話能力！

目錄 もくじ Contents

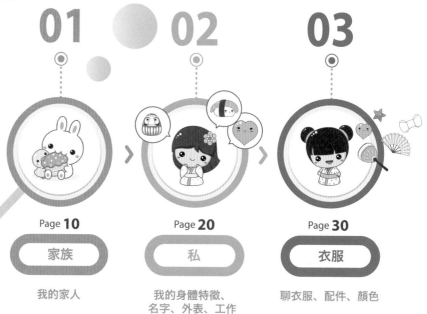

本書使用說明

頁面① | 話題聯想、詞組地圖

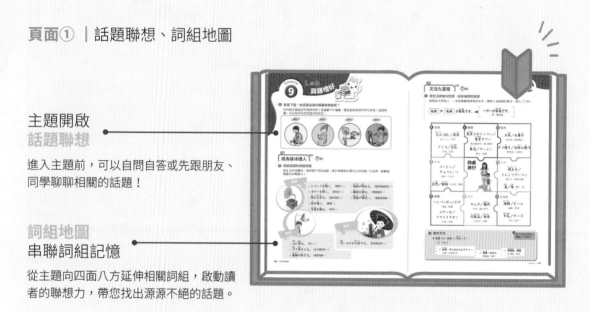

主題開啟
話題聯想

進入主題前，可以自問自答或先跟朋友、同學聊聊相關的話題！

詞組地圖
串聯詞組記憶

從主題向四面八方延伸相關詞組，啟動讀者的聯想力，帶您找出源源不絕的話題。

頁面② | 活用句型

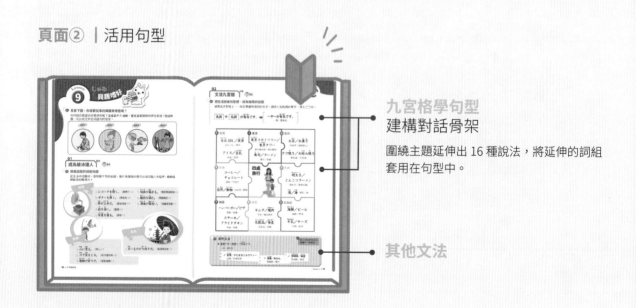

九宮格學句型
建構對話骨架

圍繞主題延伸出 16 種說法，將延伸的詞組套用在句型中。

其他文法

頁面③④ | 長、短對話

雙人對話

問答對話

第一次，先不看日文聽一遍，了解自己能掌握多少 N5 句型和單字，接著邊聽邊看日文，並抓住聲調的強弱起伏，最後自己反覆朗誦數次，熟悉標準東京腔發音。

頁面⑤ | 對話練習

替換詞組

自行填入不同詞組到對話中，舉一反三，讓你的談話內容更多元生動。

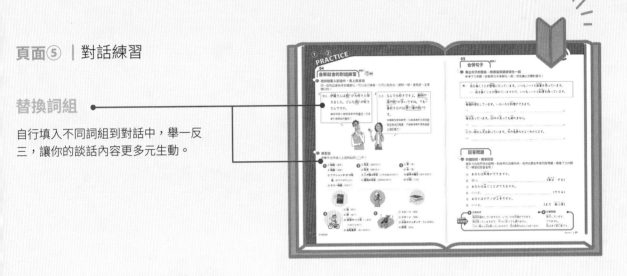

頁面⑥ | 合併句子、問答練習

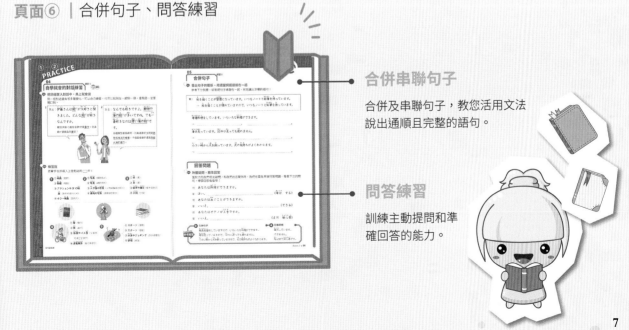

合併串聯句子

合併及串聯句子，教您活用文法說出通順且完整的語句。

問答練習

訓練主動提問和準確回答的能力。

頁面⑦ | 即時應答

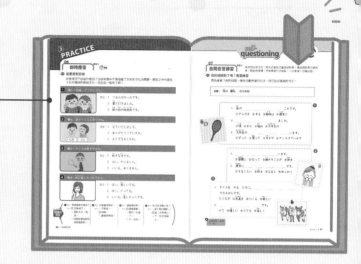

即時應答
日檢進擊

簡短問答的考題，測驗是否能立刻給出適
當的回應。

頁面⑧～⑩ | 自問自答練習

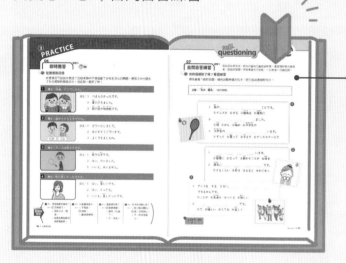

自問自答
Step1：句子排序

先看插圖，再挑戰句子，把單字填入組成
通順的句子。

自問自答
Step2：提出問題

問問題是開啟、延續對話的
必備能力，試著練習為每個
句子提出問題吧！

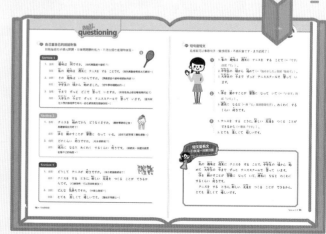

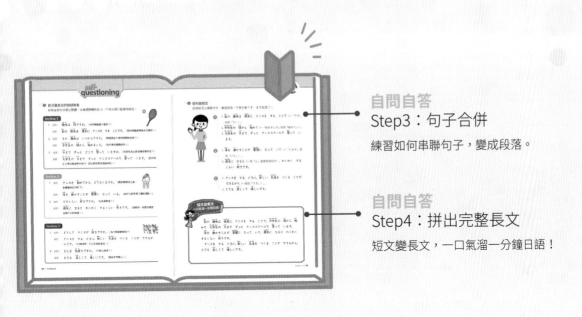

自問自答

Step3：句子合併

練習如何串聯句子，變成段落。

自問自答

Step4：拼出完整長文

短文變長文，一口氣溜一分鐘日語！

學習計劃

Lesson 1 かぞく 我的家人

看看下圖，想想看家庭裡從小到大發生過的大小事。

有沒有兄弟姊妹？你家有幾個人？透過家人這個話題，氣氛一下子就熱絡許多。

情境1　情境2　情境3　情境4

01 成為破冰達人

短文　track 01

開啟話題的詞組地圖

從生活中找題材，就有聊不完的話題。關於家人還可以向四面八方延伸，動動腦開啟你的聯想力！

長輩

a. お祖父さんから聞く。（從祖父那裡聽來的。）
b. お祖母さんは元気だ。（祖母身體很好。）
c. 父は今出かけている。（爸爸目前外出。）
d. お母さんが大好きだ。（我最喜歡母親。）

e. 両親に会う。（見父母。）

其他

j. 兄弟はいますか。（你有兄弟姊妹嗎？）

兄弟姊妹

k. ご主人のお仕事は。（您先生從事什麼行業？）
l. 奥さんによろしく。（代我向您夫人問好。）

f. お兄さんはギターが上手だ。（哥哥很會彈吉他。）

g. 姉は忙しい。（姊姊很忙。）

h. かわいい妹がほしい。（我想要有個可愛的妹妹。）

i. 男の子が私の弟だ。（男孩是我弟弟。）

文法六宮格 _{文型}

track 02

💬 **把生活放進句型裡，就有無限的話題**

統整白天到晚上、一年四季都用得到的句子。請將六宮格裡的單字，填入 □ 中。

名詞 は 名詞 にあります／います。 ➡ ～は～にあります／います。
...在...

---

① 清晨
妹／部屋
いもうと　へや
妹妹／房間

父／トイレ
ちち
父親／廁所

② 上午
姉／学校
あね　がっこう
姊姊／學校

犬／公園
いぬ　こうえん
小狗／公園

③ 中午
おばあちゃん／
キッチン
奶奶／廚房

おじいちゃん／家
いえ
爺爺／家

⑤ 晚上
姉／図書館
あね　としょかん
姊姊／圖書館

お母さん／台所
かあ　だいどころ
媽媽／廚房

一天

④ 下午
おばさん／神社
じんじゃ
阿姨／神社

兄／スーパー
あに
哥哥／超市

💬 **其他文法**

🔔 將 ⚡ 標記的字填入
底線中，練習說！

● **數量**＋あります／います。
有...。

⚡ **3人** さんにん
3個人

⚡ **2階** にかい
兩層樓

⚡ **四つ** よっ
4個

● **名詞**＋になります。
變成...。

⚡ **お兄さん** にい
哥哥

⚡ **大人** おとな
大人

⚡ **先生** せんせい
老師

03
生活長對話

💬 **影子跟讀**

像影子一樣的跟讀是讓口說突飛猛進的最佳良藥之一。先仔細聆聽會話，再模仿會話人物的聲調、語氣。

同　學：　マリオさん兄弟<ruby>兄弟<rt>きょうだい</rt></ruby>は？

瑪利歐：　はい。7人<ruby>7人<rt>ななにん</rt></ruby>います。

同　學：　へえ、おおいですね。

瑪利歐：　弟<ruby>弟<rt>おとうと</rt></ruby>が二人<ruby>二人<rt>ふたり</rt></ruby>。妹<ruby>妹<rt>いもうと</rt></ruby>が一人<ruby>一人<rt>ひとり</rt></ruby>。

同　學：　お兄<ruby>兄<rt>にい</rt></ruby>さんとお姉<ruby>姉<rt>ねえ</rt></ruby>さんは？

瑪利歐：　私<ruby>私<rt>わたし</rt></ruby>の上<ruby>上<rt>うえ</rt></ruby>は全部<ruby>全部<rt>ぜんぶ</rt></ruby>男<ruby>男<rt>おとこ</rt></ruby>なんです。

同　學：　そうですか。

對話中譯

同　學：瑪利歐同學有兄弟姊妹嗎？

瑪利歐：恩，有7個。

同　學：哇，那很多呢。

瑪利歐：我有兩個弟弟，一個妹妹。

同　學：那哥哥姊姊呢？

瑪利歐：我上面都是男生。

同　學：是喔。

生活短對話　会話②　track 04

聽聽短對話，還有哪些話題和說法呢？

先仔細聆聽會話，再模仿會話人物的聲調、語氣，像影子一樣跟著老師學習道地日語。

1

男士：　先月２番目の子供が生まれました。

女士：　おめでとうございます。女の子ですか？男の子ですか。

男士：　男の子です。これで上の子もお姉さんになります。

2

姊姊：　お母さんはどこにいますか。

弟弟：　キッチンにいませんか。今まで料理をしていましたよ。

3

兒子：　お母さん。お母さんしかいないの。

媽媽：　お父さんはあそこで切符買ってるわ。

4

兒子：　お母さんは台所にいましたか。

媽媽：　いいえ、服を洗っていました。

對話中譯

1. 男士：上個月我太太生第二胎了。
   女士：恭喜！是女生還是男生？
   男士：是男生。我們家老大要當姊姊了。

2. 姊姊：媽媽在哪裡？
   弟弟：不在廚房嗎？她剛剛一直在煮菜呢。

3. 兒子：媽媽！其他人呢？
   媽媽：爸爸在那裡買車票喔。

4. 兒子：媽媽，妳剛剛在廚房嗎？
   媽媽：沒有，我在洗衣服。

04

自學就會的對話練習　練習① 　track 05

把詞組套入對話中，馬上就會說

同一個對話還有很多種變化，可以自己練習，也可以找朋友一起聊一聊，重點是一定要開口說。

1

妹妹：おじいちゃんが 部屋① にいませんが、どこに行ったか知っていますか。

爺爺不在房間，你知道他去哪裡了嗎？

2

哥哥：さあ、わかりません。どこかに行くとはきいていませんよ。

喔，不知道。沒聽他說要去哪裡啊。

3

哥哥：おじいちゃんいましたよ。 庭② で、 友達と話し③ ながら たばこを吸って④ いました。

我找到爺爺了。他在院子裡邊跟朋友講話邊抽菸。

練習說

將單字依序填入上面對話的 □ 中！

1　① 台所（廚房）
② 部屋（房間）
③ 歌い（唱歌）
④ 踊って（跳舞）

2　① 庭（庭院）
② 台所（廚房）
③ お父さんと話し（和爸爸說話）
④ 料理を食べて（吃飯）

3　① 家（家）
② 公園（公園）
③ 音楽を聴き（聽音樂）
④ 散歩して（散步）

4

① 学校（學校）
② 道（路上）
③ 散歩し（散步）
④ ゴミを拾って（撿垃圾）

5

① 図書館（圖書館）
② 喫茶店（咖啡廳）
③ コーヒーを飲み（喝咖啡）
④ 本を読んで（讀書）

05

合併句子
練習②

💬 **善用文法，句子完整又流暢**

如何流暢的把想說的話用一句話說完？參考下方例題，試著把句子合併在一起。

> 例： 母は庭にいます。花に水をやっています。
> → 母は庭で花に水をやっています。

妹は部屋にいます。本を読んでいます。

→ ＿＿＿＿＿は＿＿＿＿＿で＿＿＿＿＿を＿＿＿＿＿。

おじいちゃんは映画館にいます。映画を見ています。

→ ＿＿＿＿＿＿＿＿＿＿＿＿＿＿＿＿＿。

お父さんはキッチンにいます。料理を作っています。

→ ＿＿＿＿＿＿＿＿＿＿＿＿＿＿＿＿＿。

提出問題

💬 **提出疑問，主動拉近距離**

在對話時，「提問」是非常重要的能力。看看下方的回答，練習回推問句吧！

問 ＿＿＿＿＿＿＿＿＿＿＿＿＿＿＿。 （どこ　いる）

答 弟は食堂にいます。

問 ＿＿＿＿＿＿＿＿＿＿＿＿＿＿＿。 （なに　する）

答 叔母さんは服を洗っています。

問 ＿＿＿＿＿＿＿＿＿＿＿＿＿。 （朝　なに　する）

答 朝はギターを弾きながら歌を歌いました。

Answer 參考解答

🔵 **合併句子**
妹は部屋で本を読んでいます。
おじいちゃんは映画館で映画を見ています。
お父さんはキッチンで料理を作っています。

🔵 **提出問題**
弟はどこにいますか。
叔母さんは何をしていますか。
朝は何をしましたか。

06 即時應答 練習③ track 06

💬 從應用到日檢

什麼情況下該說什麼話？日檢考題中不僅涵蓋了非常生活化的問題，應答之中也蘊含了日本曖昧的說話文化。現在就一起來了解！

1 女士：赤ちゃんが生まれました。何と言いますか。

男士：1　おめでとうございます。

2　ありがとうございます。

3　これからもよろしくお願いします。

2 女士：母はきのうから病気で寝ています。

男士：1　それはよかったですね。

2　それは大変ですね。

3　それはおもしろいですね。

3 女士：つよしくんはいくつですか。

男士：1　100円です。

2　四つです。

3　お兄ちゃんです。

4 女士：もう家に着きましたか。

男士：1　まだです。

2　まっすぐです。

3　またです。

Answer 翻譯與解答

1 女士：有人生小孩了，這時該說什麼呢？
男士：①恭喜。
2. 謝謝。
3. 往後還請繼續指教。

2 女士：家母從昨天開始就臥病在床。
男士：1. 那真是太好了啊。
②那真是不妙啊。
3. 那真是有趣啊。

3 女士：小強現在幾歲了呢？
男士：1. 100圓。
②4歲。
3. 是哥哥。

4 女士：已經到家了嗎？
男士：①還沒。
2. 直走。
3. 又來了。

07

練習④

自問自答練習

用自問自答方式，把自己當自己當說話對象，養成隨時用日語思考、對話的習慣，然後串連句子成段，一口氣溜一分鐘日語。

💬 你的語順對了嗎？看圖練習

首先看看下面的插圖，請先挑戰旁邊的句子，把它組成通順的句子。

主題：「私の　家族を　紹介します」（介紹我的家人）

❶

1. ....、私、妹の　4人です。
   ①の　②家族は　③両親　④私

2. 妹は　中学生ですが、............ ....
   います。
   ①ピアノを　②ころから　③習って　④小さい

3. 今では .... 弾きます。
   ①私　②上手に　③今では　④より

❷

1. 母は、料理が　とても　上手で、母が............ ....
   .... おいしいと　言います。
   ①みんなが　②作る　③グラタンは　④家族

2. ....、母は
   近くの　スーパーで　仕事を　はじめました。
   ①なった　②妹が　③大きく　④ので

❸

1. 父は　警察官で、............ .... いて、日
   曜日も　あまり　家に　いません。
   ①して　②毎日　③遅くまで　④仕事を

2. 父の　仕事は　大変で、母は　いつも　父の　ことを　心配
   して　いて、私は............ .... います。
   ①気持ちで　②ありがとうという　③両親に　④そのような

🔔 正確順序，請看
下一頁。

自己當自己的說話對象

針對每個句子提出問題，培養問問題的能力，不用出國也能隨時練習。

Section 1

1. 自問： ご家族は 何人ですか。（你家有哪些人呢？）

   自答： 私の 家族は、両親、私、妹 の 4人です。（我的家人包括父母、我、妹妹共4個人。）

2. 自問： どんな 妹ですか。（什麼樣的妹妹呢？）

   自答： 妹は 中学生ですが、小さい ころから ピアノを 習って います。

   （我妹妹雖然還是個中學生，但是從小就學鋼琴。）

3. 自問： 今、ピアノは 誰が 上手ですか。（現在誰彈得比較好呢？）

   自答： 今では（妹の方が）私より 上手に 弾きます。（現在〈妹妹〉已經彈得比我還好了。）

Section 2

1. 自問： お母さんの 料理は どうですか。（你媽媽的廚藝如何呢？）

   自答： 母は、料理が とても 上手で、母が 作る グラタンは 家族 みんなが おいしいと 言います。（我媽媽的廚藝很好，媽媽做的焗烤料理全家人都說好吃。）

2. 自問： お母さんは 専業主婦ですか。（你媽媽是專職主婦嗎？）

   自答： 妹が 大きく なったので、母は 近くの スーパーで 仕事を はじめました。（由於妹妹長大了，媽媽便開始在附近的超級市場裡工作。）

Section 3

1. 自問： お父さんの お仕事は 何ですか。（你爸爸從事什麼工作呢？）

   自答： 父は 警察官で、毎日 遅くまで 仕事を して いて、日曜日も あまり 家に いません。（我爸爸是警察，每天都工作到很晚，連星期天也不常在家裡。）

2. 自問： ご両親の ことを どう 思って いますか。（對雙親有什麼感受呢？）

   自答： 父の 仕事は 大変で、母は いつも 父の ことを 心配して いて、私 は その ような 両親に ありがとう という 気持ちで います。

   （爸爸的工作很辛苦，媽媽也因此經常擔心不已。我對他們一直心存著感激的心情。）

短句變短文

這樣就可以串聯句子，變成段落。不再只會です、ます結尾了！

①

1. 私の　家族は、両親、私、妹の　4人です。
2. 妹は　中学生ですが（←表示「可是」，加入「が」）、小さい　ころ から　ピアノを　習って　いて（←「います」改成「いて」）、
3. 今では　私より　上手に　弾きます。

②

1. 母は、料理が　とても　上手で（←「です」改成「で」）、母が　作る　グラタンは　家族　みんなが　おいしいと　言います。
2. 妹が　大きく　なったので（←表示「原因」，加入「ので」）、母は　近くの　スーパーで　仕事を　はじめました。

③

1. 父は　警察官で（←「です」改成「で」）、毎日　遅くまで　仕事を　して　いて（←「います」改成「いて」）、日曜日も　あまり　家に　いません。
2. 父の　仕事は　大変で（←「です」改成「で」）、母は　いつも　父の　ことを　心配して　いて（←「います」改成「いて」）、私は　その　ような　両親に　ありがとう　という　気持ちで　います。

短文變長文
一口氣溜一分鐘日語

　私の　家族は、両親、私、妹の　4人です。妹は　中学生ですが、小さい　ころから　ピアノを　習って　いて、今では　私より　上手に　弾きます。
　母は、料理が　とても　上手で、母が　作る　グラタンは　家族　みんなが　おいしいと　言います。妹が　大きく　なったので、母は　近くの　スーパーで　仕事を　はじめました。
　父は　警察官で、毎日　遅くまで　仕事を　して　いて、日曜日も　あまり　家に　いません。父の　仕事は　大変で、母は　いつも　父の　ことを　心配して　いて、私は　その　ような　両親に　ありがとう　という　気持ちで　います。

Lesson 2 わたし 我的身體

特徵、名字、外表、工作

 觀察下圖，想一想你喜歡從事什麼活動呢？

初次見面時，免不了要介紹一下自己吧！除了興趣愛好，也不妨想想你的身材和臉蛋有什麼特色？現在正從事什麼工作呢？

| 情境 1 | 情境 2 | 情境 3 | 情境 4 |

01

成為破冰達人 短文

track C 07

 開啟話題的詞組地圖

從生活中找題材，就有聊不完的話題。關於家人還可以向四面八方延伸，動動腦開啟你的聯想力！

外觀

a. 背が高い。 （身材高大。）
b. 鼻が高い。 （得意洋洋。）
c. 手が汚い。 （手很髒。）
d. 足が綺麗だ。 （腳很美。）
e. 髪が短い。 （頭髮短。）

f. 体が細い。 （身材纖細。）

職業

j. 先生になる。 （當老師。）
k. 父は医者だ。 （家父是醫生。）

特質

i. 頭がいい。 （聰明。）

g. 体が丈夫になる。 （身體變強壯。）
h. 目がいい。 （視力好。）

其他

l. 山田と申します。 （〈我〉叫做山田。）

02

文法六宮格　文型　track 08

💬 把生活放進句型裡，就有無限的話題

統整白天到晚上、一年四季都用得到的句子。請將六宮格裡的單字，填入 ☐ 中。

名詞
形容詞（の）
形容動詞（なの）
がいいです。　➡　**～がいいです。**
我要…、我比較喜歡…

❶ 食

冷（つめ）たいの
冷的

新鮮（しんせん）なの
新鮮的

❷ 衣

丈夫（じょうぶ）なの
耐穿的

ソフトなの
柔軟的

❸ 住

広（ひろ）いの
寬敞的

安（やす）いの
便宜的

❺ 樂

沖縄（おきなわ）
沖繩

海（うみ）
海

生活

❹ 行

速（はや）いの
快的

バス
巴士

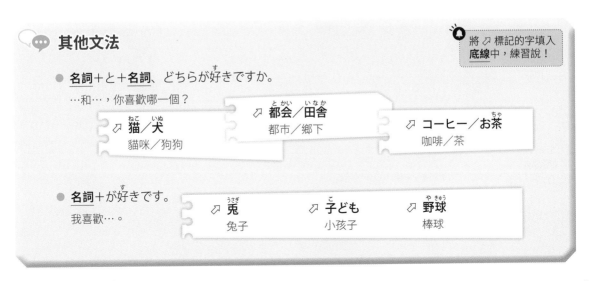

💬 **其他文法**

🔔 將 ♪ 標記的字填入
底線中，練習說！

● **名詞**＋と＋**名詞**、どちらが好（す）きですか。

…和…，你喜歡哪一個？

♪ 猫（ねこ）／犬（いぬ）
貓咪／狗狗

♪ 都会（とかい）／田舎（いなか）
都市／鄉下

♪ コーヒー／お茶（ちゃ）
咖啡／茶

● **名詞**＋が好（す）きです。

我喜歡…。

♪ 兎（うさぎ）
兔子

♪ 子（こ）ども
小孩子

♪ 野球（やきゅう）
棒球

03 生活長對話

💬 影子跟讀

像影子一樣的跟讀是讓口說突飛猛進的最佳良藥之一。先仔細聆聽會話，再模仿會話人物的聲調、語氣。

本田：伊藤さんはどんな男の人が好きですか。

伊藤：そうですね。私は背が高くても、低くてもどちらでもいいですが、面白い人がいいですね。

本田：そうですか。じゃあ、よく話す人と、静かな人では、どちらが好きですか。

伊藤：う〜ん、あまり静かな人は嫌ですが、話が上手な人がいいですね。本田さんはどうですか。

本田：僕はよく笑う人が好きですね。

伊藤：なるほど。

對話中譯

本田：伊藤喜歡哪種類型的男生？

伊藤：喔……我喜歡幽默的人，不太在意身高高矮。

本田：這樣啊。那妳比較喜歡話多還是話少的人呢？

伊藤：恩……，我不喜歡太安靜的，比較喜歡會聊天的人。本田你呢？

本田：我喜歡愛笑的人呢。

伊藤：原來如此。

生活短對話

会話② track 10

聽聽短對話，還有哪些話題和說法呢？

先仔細聆聽會話，再模仿會話人物的聲調、語氣，像影子一樣跟著老師學習道地日語。

1

男同學： 今から写真を撮りますので、背が高い人は後ろに立ってください。

女同學： 私はどこに並べばいいですか。大体伊藤さんと同じぐらいですが。

2

女同學： お父さんは何をしていますか。

男同學： 学校の先生です。

3

女　士： 彼はどんな人ですか。

男　士： 何時も元気で、面白い人ですよ。

4

男同學： これは誰ですか。

女同學： これ、弟と私です。弟は今は背が高くなって。私と同じくらいですが、2年前はまだ低かったですね。

對話中譯

1. 男同學：要拍照了，高的人請站後面。
　　女同學：我該站哪兒好呢？我跟伊藤差不多高。

2. 女同學：令尊從事什麼行業呢？
　　男同學：他是學校老師。

3. 女　士：他是個怎麼樣的人呢？
　　男　士：他總是充滿熱情又幽默風趣喔。

4. 男同學：這是誰呀？
　　女同學：這是弟弟和我。弟弟現在很高，跟我差不多了，不過兩年前還很嬌小呢。

① ② PRACTICE

04

自學就會的對話練習
練習①
 track 11

💬 把詞組套入對話中，馬上就會說

同一個對話還有很多種變化，可以自己練習，也可以找朋友一起聊一聊，重點是一定要開口說。

1 男士：さき井上さんという人がきましたよ。

剛才一位名叫井上的人來過。

2 女士：男の人でしたか。

是男生嗎？

3 男士：いいえ、女の人でした。背①が高くて②、学校の先生③だと言っていました。

不，是女生。身材高挑，說是學校老師。

💬 練習說

將單字依序填入上面對話的 □ 中！

1
① 髪（頭髮）
② 短く（很短〈的〉）
③ 看護師（護理師）

2
① 鼻（鼻子）
② 高くて（很挺〈的〉）
③ 歯医者（牙醫）

3
① 肌（皮膚）
② 黒くて（黝黑〈的〉）
③ 運転手（司機）

4
① 目（眼睛）
② 大きくて（很大〈的〉）
③ 大学生（大學生）

5
① 体（身材）
② 細くて（纖細〈的〉）
③ 会社員（上班族）

6
① 足（腿）
② 長くて（很長〈的〉）
③ 警察（警察）

05
合併句子
練習②

💬 善用文法，句子完整又流暢

如何流暢的把想說的話用一句話說完？參考下方例題，試著把句子合併在一起。

> 例： 私は本が好きです。よく小説を読んだりしていました。
> → 私は本が好きで、よく小説を読んだりしていました。

彼はアニメが好きです。よく動画を見たりしていました。

→ ....で、..。

姉は海が好きです。よく泳いだりしていました。

→ ....。

僕は絵が好きです。よく絵を描いたりしていました。

→ ....。

回答問題

💬 聆聽疑問，精準回答

當對方向我們提出疑問，和我們拉近關係時，我們也要能準確回答問題。看看下方的問句，練習回答看看吧！

問 あなたはゲームが好きですか。

答 はい、..。（好き）

問 映画はあまり見ないですか。

答 はい、..。（半年　一回　ぐらい）

問 スポーツは好きじゃないですか。

答 いいえ、..。（好き）

Answer
參考解答

合併句子
彼はアニメが好きで、よく動画を見たりしていました。
姉は海が好きで、よく泳いだりしていました。
僕は絵が好きで、よく絵を描いたりしていました。

回答問題
好きです。
半年に一回ぐらいです。
好きですよ。

06

即時應答

練習③ track 12

💬 從應用到日檢

什麼情況下該說什麼話？日檢考題中不僅涵蓋了非常生活化的問題，應答之中也蘊含了日本曖昧的說話文化。現在就一起來了解！

---

1 女士：友だちの顔が赤いです。何と言いますか。

男士：1　お休みなさい。

　　　2　お元気で。

　　　3　大丈夫ですか。

---

2 女士：鈴木さんはきょう20歳になりました。何と言いますか。

男士：1　今年もよろしくお願いします。

　　　2　お誕生日おめでとうございます。

　　　3　今までありがとうございました。

---

3 女士：すみません、鈴木さんですか。

男士：1　はい、鈴木です。お元気で。

　　　2　はい、鈴木です。さようなら。

　　　3　はい、鈴木です。初めまして。

---

4 女士：どうしましたか。

男士：1　きょうはちょっと疲れました。

　　　2　黒色のコートがいいです。

　　　3　上田さんも一緒に行きますよ。

Answer
翻譯與解答

1 女士：朋友的臉部發紅，這時該說什麼呢？
男士：1. 晚安。
　　　2. 珍重再見。
　　　③ 你沒事吧？

2 女士：鈴木小姐今天滿20歲，這時該說什麼呢？
男士：1. 今年仍請繼續指教。
　　　② 祝妳生日快樂。
　　　3. 感謝妳長久以來的照顧。

3 女士：不好意思，請問是鈴木小姐嗎？
男士：1. 是，我是鈴木，請保重。
　　　2. 是，我是鈴木，再見。
　　　③ 是，我是鈴木，幸會。

4 女士：你怎麼了？
男士：① 今天有點累了。
　　　2. 黑色外套比較好看。
　　　3. 上田先生也會一起去喔。

07 自問自答練習 練習④

用自問自答方式，把自己當自己當說話對象，養成隨時用日語思考、對話的習慣，然後串連句子成段，一口氣溜一分鐘日語。

💬 **你的語順對了嗎？看圖練習**

首先看看下面的插圖，請先挑戰旁邊的句子，把它組成通順的句子。

主題：「私の 名前」（我的名字）

1

1. ....です。
   ① 名前は　② 私　③ 王怡仁　④ の

2. この 名前に なったのは、母から 「怡」、父から
   「仁」 の ....です。
   ① 1字ずつ　② もらった　③ 漢字を　④ から

2

1. ....ました。
   ① 台北で　② 私は　③ 生まれ　④ 台湾の

2. ....、バスケットボールの 選手を
   して いました。 高校生に なって からは いつも ロック
   を 聞いて いました。
   ① 背が　② 高いので　③ 中学生の　④ ときは

3. 小さい 頃から 日本の........................、........................、映画を 見
   たりして いて、大学時代には 3ヶ月間、日本へ 留学も しました。
   ① 好きで　② 文化が　③ 読んだり　④ 漫画を

3

1. 今は ....、..............仕事だけど、好きです。
   ① 大変な　② いて　③ 働いて　④ 出版社で

2. ....。
   ① ガールフレンド　② は　③ まだ　④ いません

🔊 正確順序，請看下一頁。

self-questioning

💬 **自己當自己的說話對象**

針對每個句子提出問題，培養問問題的能力，不用出國也能隨時練習。

Section 1

1. 自問： お名前は 何ですか。（你叫什麼名字呢？）

   自答： 私の 名前は 王怡仁です。（我名字叫做王怡仁。）

2. 自問： どうして この 名前に なりましたか。（為什麼會取這樣的名字呢？）

   自答： この 名前に なったのは、母から 「怡」、父から 「仁」の 漢字を 1字ずつ もらったからです。（這個名字是從家母名諱借得「怡」字，再從家父名諱借得「仁」字而來。）

Section 2

1. 自問： どこで 生まれましたか。（在哪裡出生的呢？）

   自答： 私は 台湾の 台北で 生まれました。（我在台灣的台北市出生。）

2. 自問： どんな 生徒でしたか。（以前是怎樣的一個學生呢？）

   自答： 中学生の ときは 背が 高いので、バスケットボールの 選手を していました。 高校生に なって からは いつも ロックを 聞いて いました。

   （讀中學時因為長得很高而成為籃球選手，上高中的時候則是從早到晚都在聽搖滾樂。）

3. 自問： 何が 好きですか。（你喜歡什麼呢？）

   自答： 小さい 頃から 日本の 文化が 好きで、漫画を 読んだり、映画を 見たりして いて、大学時代には 3ヶ月間、日本へ 留学も しました。

   （我從小熱愛日本文化，經常閱讀日本漫畫和觀賞日本電影，大學時期也到過日本留學3個月。）

Section 3

1. 自問： 今は 何を して いますか。（現在從事什麼工作呢？）

   自答： 今は 出版社で 働いて いて、大変な 仕事だけど、好きです。 （我目前在出版社上班。這雖然不是一份輕鬆的工作，但是我很喜歡。）

2. 自問： ガールフレンドは いますか。（你有女朋友嗎？）

   自答： まだ ガールフレンドは いません。（我還沒有女朋友。）

短句變短文

這樣就可以串聯句子，變成段落。不再只會です、ます結尾了！

1
1. 私の　名前は　王怡仁です。
2. この　名前に　なったのは、母から　「怡」（←省略「をもらって」）、父から　「仁」の　漢字を　1字ずつ　もらったからです。

2
1. 私は　台湾の　台北で　生まれ（←「生まれました」改成「生まれ」）、
2. 中学生の　ときは　背が　高いので（←表示「原因」，加入「ので」）、バスケットボールの　選手を　して　いて（←「いました」改成「いて」）、高校生に　なって　からは　いつも　ロックを　聞いて　いました。
3. 小さい　頃から　日本の　文化が　好きで（←「です」改成「で」）、漫画を　読んだり、映画を　見たりして　いて（←「たりしていました」改成「たりしていて」）、大学時代には　3ヶ月間、日本へ　留学も　しました。

3
1. 今は　出版社で　働いて　いて（←「います」改成「いて」）、大変な　仕事だけど（←表示「可是」，加入「けど」）、好きです。
2. まだ　ガールフレンドは　いません。

短文變長文　一口氣溜一分鐘日語

　　はじめまして、私の　名前は　王怡仁です。この　名前に　なったのは、母から　「怡」、父から　「仁」の　漢字を　1字ずつ　もらったからです。
　　私は　台湾の　台北で　生まれ、中学生の　ときは　背が　高いので、バスケットボールの　選手を　して　いて、高校生に　なって　からは　いつも　ロックを　聞いて　いました。小さい　頃から　日本の　文化が　好きで、漫画を　読んだり、映画を　見たりして　いて、大学時代には　3ヶ月間、日本へ　留学も　しました。
　　今は　出版社で　働いて　いて、大変な　仕事だけど、好きです。どうぞ　よろしく　お願いします。それから、えっと、まだ　ガールフレンドは　いませんので、こちらも　よろしく　お願いします。

―――：自我介紹常用說法　　………：連接用語　　Lesson 1 ■ **29**

💬 **說說看你今天的穿著吧！**

什麼場合，穿什麼衣服？衣著是我們生活中重要的事情之一，也是個人特色的所在。

情境 1　　情境 2　　情境 3　　情境 4

01
成為破冰達人 短文
track 13

💬 **開啟話題的詞組地圖**

從生活中找題材，就有聊不完的話題。關於衣著還可以向四面八方延伸，動動腦開啟你的聯想力！

衣著

a. 背広を作る。（訂做西裝。）

b. ワイシャツを着る。（穿白襯衫。）

c. ポケットに入れる。（放入口袋。）

d. 上着を脱ぐ。（脫外套。）

e. コートがほしい。（想要有件大衣。）

f. ボタンをかける。（扣上扣子。）

g. スカートを穿く。（穿裙子。）

配件

j. 帽子をかぶる。（戴帽子。）

k. ネクタイを締める。（繫領帶。）

l. 眼鏡をかける。（戴眼鏡。）

鞋襪

h. スリッパを履く。（穿拖鞋。）

i. 靴を脱ぐ。（脫鞋子。）

02 文法六宮格 文型 track 14

💬 把生活放進句型裡，就有無限的話題

統整白天到晚上、一年四季都用得到的句子。請將六宮格裡的單字，填入□中。

| 名詞 | を | 動詞て形 | いる方です。 | ➡ | 〜を〜いる方です。 |

穿戴著…的那位

① 爸爸

腕時計（うでどけい）／つけて
手錶／戴著

セーター／着（き）て
毛衣／穿著

② 姊姊

傘（かさ）／さして
撐著／傘

帽子（ぼうし）／被（かぶ）って
帽子／戴著

③ 弟弟

スリッパ／履（は）いて
拖鞋／穿著

眼鏡（めがね）／掛（か）けて
眼鏡／戴著

⑤ 老師

ワイシャツ／着（き）て
白襯衫／穿著

ネクタイ／つけて
領帶／繫著

親朋好友

④ 奶奶

着物（きもの）／着（き）て
和服／穿著

鞄（かばん）／持（も）って
包包／拿著

💬 **其他文法**

🔔 將 ♪ 標記的字填入底線中，練習說！

● **名詞**＋と（一緒（いっしょ）に）＋**動作**。
和…一起…

♪ 彼女（かのじょ）／行（い）きました
女朋友／去了

♪ 母（はは）／出掛（でか）けました
媽媽／出門了

♪ 友達（ともだち）／歩（ある）きました
朋友／走了

● **形容詞／形容動詞な**＋**名詞**＋ですね。
好…喔！

♪ 重（おも）い／靴（くつ）
好沉重的／靴子

♪ きれいな／スカート
好漂亮的／裙子

♪ 大（おお）きい／サングラス
好大的／眼鏡

03 生活長對話

会話① track C 15

💬 **影子跟讀**

像影子一樣的跟讀是讓口說突飛猛進的最佳良藥之一。先仔細聆聽會話，再模仿會話人物的聲調、語氣。

男士： こんにちは、今日はお一人ですか。

女士： いいえ。おばさんといっしょに来ました。

男士： そうでしたか。おばさんはどちらにいらっしゃいますか。

女士： え〜とね、今あそこで座ってお茶を飲んでいますよ。

男士： 帽子をかぶっている方ですか。

女士： その向こうです。帽子の方と話している黒い服を着た
人です。

男士： ああ、分かりました。じゃあ、あ
とで挨拶にいってきます。

對話中譯

男士：您好。今天只有您一個人來嗎？

女士：不是，我和阿姨一起來的。

男士：這樣啊。請問您阿姨在哪裡呢？

女士：呃……我看一下……她坐在那邊喝著茶呢。

男士：是戴著帽子的那一位嗎？

女士：坐在那位的對面，就是穿著黑衣服、和戴帽子的人正在交談的那一位。

男士：喔，看到了。那麼，稍後我去向阿姨問候。

生活短對話 会話② track 16

💬 **聽聽短對話，還有哪些話題和說法呢？**

先仔細聆聽會話，再模仿會話人物的聲調、語氣，像影子一樣跟著老師學習道地日語。

1

男士： それは新しい服ですか。

女士： いえ、姉のを借りました。

2

女士： このシャツ今日買ったんですけど、どう思いますか。

男士： あれ、今日は暗い色ですね。

3

媽媽： 内の子がいなくなりました。

店員： どんな服を着ていますか。

媽媽： 黒いセーターとしろいズボンです。

4

男士： すみません、私の上着をとってきてくれますか。

女士： いいですよ。よく着ている黒い上着でいいですか。

對話中譯

1. 男士：那是新衣服嗎？

女士：不是，向姐姐借來穿的。

2. 女士：這件襯衫是今天剛買的，好看嗎？

男士：咦，今天是買的深色的哦？

3. 媽媽：我家小孩不見了！

店員：他穿什麼樣的衣服呢？

媽媽：黑色毛衣和白色長褲！

4. 男士：不好意思，可以幫忙拿一下我的外套嗎？

女士：好啊。你常穿的那件黑色外套可以嗎？

①－② PRACTICE

04 自學就會的對話練習

練習① track C 17

把詞組套入對話中，馬上就會說

同一個對話還有很多種變化，可以自己練習，也可以找朋友一起聊一聊，重點是一定要開口說。

1 男士：今日(きょう)のパーティーには、中学校(ちゅうがっこう)の先生(せんせい)も来(き)ましたよ。先生(せんせい)はことし70歳(ななじゅっさい)ですが、とても元気(げんき)です。

今天的聚會，中學老師也來了喔。老師今年 70 歲了，身體仍然相當硬朗呢。

2 女士：そうですか。先生(せんせい)はどの人(ひと)ですか。

是哦？哪一位是老師呢？

3 男士：先生(せんせい)はいつも［ズボンとTシャツ］①でしたが、今日(きょう)は［背広(せびろ)］②を［着(き)て］③いました。

老師平常都穿長褲搭Ｔ恤，不過今天穿的是西裝喔。

練習說

將單字依序填入上面對話的□中！

1

① ワイシャツとスカート（襯衫搭裙子）

② ワンピース（洋裝）

③ 着(き)て（穿上）

2

① スーツとネクタイ（西裝搭領帶）

② キャップ（棒球帽）

③ 被(かぶ)って（戴）

3

① サンダル（涼鞋）

② ブーツ（靴子）

③ 履(は)いて（穿、趿、套）

4

① ワンピース（洋裝）

② セーターとズボン（毛衣搭長褲）

③ 着(き)て（穿）

5

① 黒(くろ)い服(ふく)（黑色衣服）

② 赤(あか)い帽子(ぼうし)（紅色帽子）

③ 被(かぶ)って（戴）

6

① ジャケット（短外套）

② コート（大衣）

③ 着(き)て（穿）

05 合併句子
練習②

💬 **善用文法，句子完整又流暢**

如何流暢的把想說的話用一句話說完？參考下方例題，試著把句子合併在一起。

> 例： 私は母とスーパーに行きました。お肉を買いました。
> → 私は母とスーパーに行って、お肉を買いました。

私は姉とご飯を食べました。たくさん話しました。

→ .... て、..。

私は兄とプールに行きました。2時間泳ぎました。

→ ....。

私は友達と会いました。美術館に行きました。

→ ....。

回答問題

💬 **聆聽疑問，精準回答**

當對方向我們提出疑問，和我們拉近關係時，我們也要能準確回答問題。看看下方的問句，練習回答看看吧！

問 昨日どこに行きましたか。

答 ....。（動物園　行く）

問 誰と一緒に行きましたか。

答 ....。（友達　行く）

問 象とキリン、どちらが好きですか。

答 ....。（象　好き）

Answer 參考解答

合併句子
私は姉とご飯を食べて、たくさん話しました。
私は兄とプールに行って、2時間泳ぎました。
私は友達と会って、美術館に行きました。

回答問題
昨日は動物園に行きました。
友達と（一緒に）行きました。
私は象が好きです。

06 即時應答
練習③ track C 18

💬 從應用到日檢

什麼情況下該說什麼話？日檢考題中不僅涵蓋了非常生活化的問題，應答之中也蘊含了日本曖昧的說話文化。現在就一起來了解！

1 女士：友達のズボンの前が開いています。何と言いますか。

男士：1　そこ、開いていますよ。

2　そこ、開けましょうか。

3　そこ、開けてありますよ。

2 女士：校長先生はどの方ですか。

男士：1　元気ですよ。

2　とてもいい方です。

3　眼鏡を掛けている方です。

3 女士：このハンカチ、伊藤さんのですか。

男士：1　こちらこそ。

2　どういたしまして。

3　いいえ、違います。

4 女士：この洋服どうですか。

男士：1　5800円ぐらいでしょう。

2　白いシャツです。

3　きれいですね。

Answer 翻譯與解答

1 女士：朋友的褲子拉鍊沒拉上。這時候該說什麼呢？
男士：
①你那裡沒拉好喔。
2. 我幫你把那裡拉下來吧？
3. 你那裡是開著的唷。

2 女士：請問哪一位是校長呢？
男士：1. 我很好呀。
2. 他待人非常和善。
③就是戴眼鏡的那一位。

3 女士：請問這條手帕是伊藤小姐妳的嗎？
男士：1. 我才該道謝。
2. 不客氣。
③不，不是的。

4 女士：你覺得這件衣服如何？
男士：1. 大概5800圓左右吧。
2. 是白襯衫。
③很好看耶。

07
自問自答練習

練習④

用自問自答方式，把自己當自己當說話對象，養成隨時用日語思考、對話的習慣，然後串連句子成段，一口氣溜一分鐘日語。

💬 你的語順對了嗎？看圖練習

首先看看下面的插圖，請先挑戰旁邊的句子，把它組成通順的句子。

主題：「私の　兄と　姉の　朝」（我哥哥跟姊姊的早上）

1

1. ....、ドライヤーをして、
ネクタイをして、スーツを着ます。
①髭を　②剃って　③兄は　④朝　起きて

2. いつも「.......... ....」と　言って
元気に　出かけます。
①１日　②今日も　③頑張ろう　④さあ

2

1. 姉は　朝　起きて、まず.......... ....
するため、コーヒーを　いれます。
①香りに　②中を　③いい　④部屋の

2. 次は.......... ....です。
①メイク　②の　③時間　④楽しい

3

1. ファンデーションを　塗って、口紅を　付けて、アイラインを
引いて、髪を　とかして、洋服を　着て、.......... ....
....ます。
①履き　②つけて　③アクセサリーを　④靴を

2. いつも「.........、.......... ....」と　言って、急いで
出かけます。
①こんな　②あっ　③時間　④もう

🔔 正確順序，請看
下一頁。

💬 自己當自己的說話對象

針對每個句子提出問題，培養問問題的能力，不用出國也能隨時練習。

Section 1

1. 自問： 兄は 朝 起きて から、何を しますか。（哥哥早上起床後，做什麼呢？）

   自答： 兄は 朝 起きて、髭を 剃って、ドライヤーを して、ネクタイを して、スーツを 着ます。（哥哥早上起床後會先刮鬍子、吹頭髮、繫領帶，然後穿上西裝。）

2. 自問： 兄は 出かける 前に、いつも 何と 言いますか。（哥哥在踏出家門前總說什麼呢？）

   自答： いつも「さあ、今日も 1日 頑張ろう」と 言って 元気に 出かけます。（他總會說一句：「來吧，今天一天得好好加油！」神采奕奕地出門去。）

Section 2

1. 自問： 姉は 朝 起きて、まず 何を しますか。（姊姊早上起床，首先做什麼呢？）

   自答： 姉は 朝 起きて、まず 部屋の 中を いい 香りに するため、コーヒーを いれます。（姊姊早上起床後會先沖咖啡，讓房間充滿香氣。）

2. 自問： 次は、どんな 時間ですか。（接下來是什麼樣的時間呢？）

   自答： 次は 楽しい メイクの 時間です。（接下來是迎接愉快的化妝時間。）

Section 3

1. 自問： コーヒーを いれたあと、何を しますか。（泡完咖啡，接下來做什麼呢？）

   自答： ファンデーションを 塗って、口紅を 付けて、アイラインを 引いて、髪を とかして、洋服を 着て、アクセサリーを つけて、靴を 履きます。（刷粉底、抹脣彩、畫眼線、梳頭髮、換衣服、戴飾品，然後穿上鞋子。）

2. 自問： 姉は 出かける 前に、いつも 何と 言いますか。（姊姊在踏出家門前總說什麼呢？）

   自答： いつも「あっ、もう こんな 時間」と 言って、急いで 出かけます。（她總是嚷一聲：「天啊，已經這麼晚了！」急急忙忙地出門去。）

短句變短文

這樣就可以串聯句子，變成段落。不再只會です、ます結尾了！

①
1. 兄は　朝　起きて（←用「て形」連接句子，後面也是一樣）、髭を　剃って、ドライヤーを　して、ネクタイを　して、スーツを　着ます。
2. そして　いつも「さあ、今日も　1日　頑張ろう」と　言って（←用「て形」連接句子）、元気に　出かけます。

②
1. 姉は　朝　起きて（←用「て形」連接句子）、まず　部屋の　中を　いい　香りに　するため（←表示「原因」，加入「ため」）、コーヒーを　いれます。
2. 次は　楽しい　メイクの　時間です。

③
1. ファンデーションを　塗って（←用「て形」連接句子，後面也是一樣）、口紅を　付けて、アイラインを　引いて、髪を　とかして、洋服を　着て、アクセサリーを　つけて、靴を　履きます。
2. そして　いつも「あっ、もう　こんな　時間」と　言って（←用「て形」連接句子）、急いで　出かけます。

**短文變長文
一口氣溜一分鐘日語！**

　　兄は　朝　起きて、髭を　剃って、ドライヤーを　して、ネクタイを　して、スーツを　着ます。そして　いつも「さあ、今日も　1日　頑張ろう」と　言って　元気に　出かけます。
　　姉は　朝　起きて、まず　部屋の　中を　いい　香りに　するため、コーヒーを　いれます。次は　楽しい　メイクの　時間です。
　　ファンデーションを　塗って、口紅を　付けて、アイラインを　引いて、髪を　とかして、洋服を　着て、アクセサリーを　つけて、靴を　履きます。そして　いつも「あっ、もう　こんな　時間」と　言って、急いで　出かけます。

きせつ、きしょう
聊季節、氣象

💬 說說看，你最喜歡的季節和天氣是哪一個呢？最不喜歡的又是哪一個呢？

規劃要出去玩了，但是天氣如何呢？天氣時時刻刻影響著我們的生活，因此也是生活中的必講會話。

情境1　情境2　情境3　情境4

01
成為破冰達人
短文　track 19

💬 開啟話題的詞組地圖

從生活中找題材，就有聊不完的話題。關於季節、天氣還可以向四面八方延伸，動動腦開啟你的聯想力！

季節

a. 春<ruby>はる</ruby>になる。（到了春天。）
b. 夏<ruby>なつ</ruby>が来<ruby>く</ruby>る。（夏天來臨。）
c. もう秋<ruby>あき</ruby>だ。（已經是秋天了。）
d. 冬<ruby>ふゆ</ruby>を過<ruby>す</ruby>ごす。（過冬。）

天氣

e. 風<ruby>かぜ</ruby>が吹<ruby>ふ</ruby>く。（風吹。）
f. 雨<ruby>あめ</ruby>が降<ruby>ふ</ruby>る。（下雨。）
g. 雪<ruby>ゆき</ruby>が降<ruby>ふ</ruby>る。（下雪。）
h. 暖<ruby>あたた</ruby>かい天気<ruby>てんき</ruby>が好<ruby>す</ruby>きだ。（我喜歡暖和的天氣。）

i. 部屋<ruby>へや</ruby>が暑<ruby>あつ</ruby>い。（房間很熱。）
j. 冬<ruby>ふゆ</ruby>は寒<ruby>さむ</ruby>い。（冬天寒冷。）
k. 風<ruby>かぜ</ruby>が涼<ruby>すず</ruby>しい。（風很涼爽。）
l. 空<ruby>そら</ruby>が晴<ruby>は</ruby>れる。（天氣放晴。）

文法九宮格

文型 track 20

把生活放進句型裡，就有無限的話題

統整白天到晚上、一年四季都用得到的句子。請將九宮格裡的單字，填入 □ 中。

名詞 が 名詞／形容動詞 になりました。

名詞 が 形容詞去い くなりました。

➡ ～が～なりました。
變得…了

❶ 春天

気温／暖かく
氣溫／暖和（的）

森／緑に
森林／綠油油（的）

❷ 梅雨

雨／多く
雨量／豐沛（的）

空／暗く
天空／昏暗（的）

❸ 夏天

天気／暑く
天氣／炎熱（的）

雲／厚く
雲層／厚重（的）

❽ 其他

浦田さんのこと／好きに
浦田女士・浦田先生／喜歡上

子ども／大きく
小孩／長大了（的）

一年

❹ 颱風

風／強く
風／強勁（的）

水／汚く
水／汙濁（的）

❼ 過年

街／賑やかに
大街小巷／熱鬧（的）

体重／重く
體重／增加（的）

❻ 冬天

天気／寒く
天氣／寒冷（的）

川の水／少なく
河水／減少（的）

❺ 秋天

魚／うまく
魚／好吃（的）

柿／赤く
柿子／橙紅（的）

其他文法

將♪標記的字填入底線中，練習說！

名詞＋は＋形容詞／形容動詞＋が、名詞＋は＋形容詞／形容動詞＋です。

雖然…但是…。

♪ 天気／いい、風／強い
天氣／好（的）、風／大（的）

♪ このレストラン／美味しい、値段／高い
這家餐廳／好吃（的）、價位／昂貴（的）

♪ 顔／綺麗、背／低い
臉蛋／漂亮（的）、身高／不高（的）

03
生活長對話

💬 **影子跟讀**

像影子一樣的跟讀是讓口說突飛猛進的最佳良藥之一。先仔細聆聽會話，再模仿會話 人物的聲調、語氣。

男士： 毎日いい天気ですね。

女士： でも、明日は雨になりますよ。新聞で読みました。

男士： 明後日はどうですか。明後日も雨ですか。

女士： ちょっと待ってください。もう一度新聞を見ます。

そうですね、明後日の午前は晴れますが、午後から曇りになります。夜にはまた雨ですね。

男士： そうですか。

女士： 明日から傘は持った方がいいですね。

對話中譯

男士：最近每天都是晴朗的好天氣。

女士：不過明天會下雨喔。我在報上看到的。

男士：後天呢？後天也會下雨嗎？

女士：稍等一下，我再看一次報紙。

嗯……後天上午雖會放晴，但下午轉陰，晚上又要下雨了囉。

男士：這樣喔。

女士：明天以後還是隨身帶傘比較好喔。

生活短對話 会話② track 22

💬 聽聽短對話，還有哪些話題和說法呢？

先仔細聆聽會話，再模仿會話人物的聲調、語氣，像影子一樣跟著老師學習道地日語。

1

女士： 昨日山に登りました。

男士： いいですね。昨日はいい天気だから、暖かかったでしょう。

2

男士： きょうは大雨ですね。

女士： 風も強いですよ。

男士： 朝のニュースでは午後から雨も風ももっと強くなると言っていましたよ。

3

女士： 今年の冬は寒かったですね。

男士： ええ、私は冬が好きではありませんから、南へ遊びに行きました。

4

女士： どうしました。

男士： ちょっと寒くなって。

女士： じゃ、窓を閉めましょうか。

對話中譯

1. 女士：昨天去爬山了。
   男士：不錯嘛。昨天天氣晴朗，很暖和吧。

2. 男士：今天雨下得好大。
   女士：風也很大喔。
   男士：我看了晨間新聞，中午以後風勢和雨量都還會持續增強喔。

3. 女士：今年冬天好冷喔。
   男士：是啊，我不喜歡冬天，所以去南部玩了一趟。

4. 女士：怎麼了？
   男士：覺得有點冷。
   女士：那我把窗戶關起來吧。

04

自學就會的對話練習

練習① track 23

💬 **把詞組套入對話中，馬上就會說**

同一個對話還有很多種變化，可以自己練習，也可以找朋友一起聊一聊，重點是一定要開口說。

1 男士：昨日 海① に 行きました。

昨天去了海邊。

2 女士：天気はどうでしたか。

天氣好嗎？

3 男士：昼間は 曇って② いて 寒かったです③ 。でも、午後からは いい 天気④ でした。

白天一直陰陰的，很冷；不過下午天氣就放晴了。

💬 **練習說**

將單字依序填入上面對話的 □ 中！

①

① 山（山上）
② 晴れて（晴朗）
③ 暑かったです（很熱）
④ 雨（下雨）

②

① 東京（東京）
② 風が吹いて（微風徐徐）
③ 涼しかったです（很涼爽）
④ 晴れ（晴天）

③

① 観光（觀光）
② 雪が降って（下起雪來）
③ 大変でした（不方便）
④ 晴れ（晴天）

④

① ピクニック（野餐）
② 曇って（變得陰暗）
③ 涼しかったです（很涼爽）
④ 雨（下雨）

⑤

① 花見（賞花）
② 晴れて（晴朗）
③ 暖かかったです（很暖和）
④ 雨（下雨）

05

合併句子

💬 善用文法，句子完整又流暢

如何流暢的把想說的話用一句話說完？參考下方例題，試著把句子合併在一起。

> 例： 花火を見たかったです。でも、雨が降りました。
> → 花火を見たかったが、雨が降りました。

山に登りたかったです。でも、台風がきました。

→ ....が、..。

夜空を撮りたかったです。でも、ずっと曇っていました。

→ ....。

船に乗りたかったです。でも、風がとても強かったです。

→ ....。

提出問題

💬 提出疑問，主動拉近距離

在對話時，「提問」是非常重要的能力。看看下方的回答，練習回推問句吧！

問 ....。（明日　天気）

答 天気予報では強い雨が降ると言いました。

問 ....。（天気　どう）

答 晴れていて、とても暑かったです。

問 ....。（明日　海　行く）

答 でも、天気予報では雨が降ると言いました。

合併句子

山に登りたかったが、台風がきました。
夜空を撮りたかったが、ずっと曇っていました。
船に乗りたかったが、風がとても強かったです。

提出問題

明日の天気はどうですか。
天気はどうでしたか。
明日は海に行きますか。

Answer 參考解答

06

即時應答 練習③ track 24

💬 從應用到日檢

什麼情況下該說什麼話？日檢考題中不僅涵蓋了非常生活化的問題，應答之中也蘊含了日本曖昧的說話文化。現在就一起來了解！

---

1 女士：<ruby>寒<rt>さむ</rt></ruby>いですね。

男士：1　ストーブを<ruby>消<rt>け</rt></ruby>しましょう。

　　　2　ストーブをつけましょう。

　　　3　<ruby>窓<rt>まど</rt></ruby>を<ruby>開<rt>あ</rt></ruby>けましょう。

---

2 女士：ことしの<ruby>冬<rt>ふゆ</rt></ruby>は<ruby>本当<rt>ほんとう</rt></ruby>に<ruby>寒<rt>さむ</rt></ruby>かったですね。

男士：1　そうでしたね。

　　　2　そうしますね。

　　　3　どういたしまして。

---

3 女士：これはだれの<ruby>傘<rt>かさ</rt></ruby>ですか。

男士：1　<ruby>私<rt>わたし</rt></ruby>にです。

　　　2　<ruby>秋田<rt>あきた</rt></ruby>さんのです。

　　　3　だれのです。

---

4 女士：<ruby>暑<rt>あつ</rt></ruby>くなったので、<ruby>冷房<rt>れいぼう</rt></ruby>をつけますね。

男士：1　つけるでしょうか。

　　　2　はい、つけてください。

　　　3　いいえ、つけます。

Answer 翻譯與解答

1 女士：真是冷呀。
男士：1. 把暖爐關掉吧。
②打開暖爐吧。
3. 把窗戶打開吧。

2 女士：今年冬天真的好冷喔。
男士：①的確很冷。
2. 確實會是那樣。
3. 不客氣。

3 女士：請問這是誰的傘呢？
男士：1. 是給我的。
②是秋田先生的。
3. 是誰的。

4 女士：變熱了，我開冷氣囉。
男士：1. 是否要開呢？
②好，請開冷氣。
3. 不，我來開。

07 自問自答練習

練習④

用自問自答方式，把自己當自己當說話對象，養成隨時用日語思考、對話的習慣，然後串連句子成段，一口氣溜一分鐘日語。

你的語順對了嗎？看圖練習

首先看看下面的插圖，請先挑戰旁邊的句子，把它組成通順的句子。

主題：「私の 町に 台風が 来ました」 （我居住的街市颱風來襲了）

①

1. ……… ……… ……… ……… いました。
   ①町に ②私は ③住んで ④海の

2. 去年の………、 ……… 来ました。
   ①町に ②秋ごろ ③台風が ④大きな

②

1. 部屋の 外の ものは……… ………、 ……… ………もの を 部屋の 中に 入れました。
   ①外の ②いかないように ③私は ④とんで

2. 夜に なって、……… ……… ………ました。
   ①吹き ②風が ③強い ④とても

3. ……… ……… ………、 とても こわくて 眠ることが できませんでした。
   ①ガラスが ②心配で ③まどの ④割れないかと

③

1. 朝、……… ……… ……… ………、海の そばには たくさんの 大きな 木が 落ちて いました。
   ①いて ②空は ③晴れて ④起きたとき

2. ……… ……… ……… ………思いました。
   ①力は ②台風の ③と ④すごいなあ

🔔 正確順序，請看下一頁。

自己當自己的說話對象

針對每個句子提出問題，培養問問題的能力，不用出國也能隨時練習。

Section 1

1. 自問： どこに 住んで いますか。（你住在哪裡呢？）

   自答： 私は 海の 町に 住んで いました。（我住在海濱小鎮上。）

2. 自問： いつ ごろの 話ですか。町に 何が 来ましたか。（什麼時候的事呢？小鎮有什麼來襲呢？）

   自答： 去年の 秋ごろ、町に 大きな 台風が 来ました。（去年秋天，我居住的海濱小鎮，遇上強度相當大的颱風來襲。）

Section 2

1. 自問： 台風の ため、私は 何を しましたか。（我做了什麼事呢？）

   自答： 部屋の 外の ものは とんで いかないように、私は 外の ものを 部屋の 中に 入れました。（我把屋外的物品搬進屋內以免飛走。）

2. 自問： 夜、天気は どうなりましたか。（入夜以後，天氣如何呢？）

   自答： 夜に なって、とても 強い 風が 吹きました。（入夜以後颳起強風。）

3. 自問： 気持ちは どうなりますか。（心情如何呢？）

   自答： まどの ガラスが 割れないかと 心配で、とても こわくて 眠ることが できませんでした。（我擔心窗戶玻璃是不是會被吹破，怕得一整晚都睡不著。）

Section 3

1. 自問： 朝の 天気と 海は どうなりましたか。（早上的天氣跟大海，怎麼樣了呢？）

   自答： 朝、起きたとき 空は 晴れて いて、海の そばには たくさんの 大きな 木が 落ちて いました。（到了早上起床一看，天空已是萬里無雲。並發現海邊出現大量的巨大漂流木。）

2. 自問： 台風の ことを どう 思いましたか。（對大海有什麼感受呢？）

   自答： 台風の 力は すごいなあ と思いました。（不禁覺得大海的力量真是不容小覷。）

短句變短文

這樣就可以串聯句子，變成段落。不再只會です、ます結尾了！

 1. 私は 海の 町に 住んで いて (←「いました」改成「いて」)、

2. 去年の 秋ごろ (←省略「です」)、町に 大きな 台風が 来ました。

 1. 部屋の 外の ものは とんで いかないように (←表示「目的」，加入「ように」)、私は 外の ものを 部屋の 中に 入れました。

2. 夜に なって (←「なりました」改成「なって」)、とても 強い 風が 吹き (←「吹きました」改成「吹き」)、

3. まどの ガラスが 割れないかと 心配で (←省略「す」)、とても こわくて 眠ることが できませんでした。

3 1. 朝、起きたとき 空は 晴れて いて (←「いました」改成「いて」)、

2. 海の そばには たくさんの 大きな 木が 落ちて いて (←「いました」改成「いて」)、

3. 台風の 力は すごいなあ と思いました。

短文變長文
一口氣溜一分鐘日語

　　私は 海の 町に 住んで いまして、去年の 秋ごろ、町に 大きな 台風が 来ました。

　　部屋の 外の ものは とんで いかないように、私は 外の ものを 部屋の 中に 入れました。夜に なって、とても 強い 風が 吹き、まどの ガラスが 割れないかと 心配で、とても こわくて 眠ることが できませんでした。

　　朝、起きたとき 空は 晴れて いて、海の そばには たくさんの 大きな 木が 落ちて いて、台風の 力は すごいなあ と思いました。

Lesson 5　じかん　聊時間

💬 **看看下圖，想一想你的作息時間吧！**

關於時間也總有無盡的話題，例如：要約幾點見面呢？你都幾點睡覺幾點起床呢？是開啟話題的一大方向。

情境 1　　情境 2　　情境 3　　情境 4

01
成為破冰達人
短文　track 25

💬 **開啟話題的詞組地圖**

從生活中找題材，就有聊不完的話題。關於時間還可以向四面八方延伸，動動腦開啟你的聯想力！

一天

a. 1時15分に着く。（1點15分抵達。）
b. 6時に起きる。（6點起床。）
c. 6時間をかける。（花6個小時。）

k. 8日かかる。
（需花8天時間。）

期間

i. 3日に一度会う。（3天見一次面。）
j. 5日間旅行する。（旅行5天。）

h. 金曜日から始まる。
（從星期五開始。）

一週

d. 月曜日は大変だ。（星期一忙壞了。）
e. 火曜日に帰る。（星期二回去。）
f. 水曜日が休みだ。（星期三休息。）
g. 木曜日までに返す。（星期四前歸還。）

其他

l. 20日に出る。
（20號出發。）

02 文法九宮格 文型 track 26

💬 **把生活放進句型裡，就有無限的話題**

統整白天到晚上、一年四季都用得到的句子。請將九宮格裡的單字，填入 □ 中。

| 地點 | へ | 目的 | に＋行きます。
| 地點 | へ | 目的 | を | 目的 | に＋行きます。

➡️
~へ~に行きます。
~へ~を~に行きます。
去…做…

---

1 星期一

図書館／勉強
圖書館／用功讀書

食堂／ご飯／食べ
餐廳／飯／吃

2 星期二

映画館／映画／見
電影院／電影／看

美容院／髪／切り
美髮沙龍／頭髮／剪

3 星期三

海／泳ぎ
海邊／游泳

本屋／雑誌／買い
書店／雜誌／買

8 其他

病院／おばあちゃん／見
醫院／奶奶／探望

写真屋さん／写真／撮り
照相館／照片／拍

一星期

4 星期四

八百屋／野菜／買い
蔬果行／蔬菜／買

プール／泳ぎ
游泳池／游泳

7 星期日

京都／旅行
京都／旅行

公園／散歩
公園／散步

6 星期六

山／山登り
山上／爬山

川／釣り
河邊／釣魚

5 星期五

友達の家／
バーベキュー
朋友家／烤肉

郵便局／手紙／出し
郵局／信／寄

💬 **其他文法**

🔔 將 ♫ 標記的字填入
底線中，練習說！

● **名詞**＋から＋**名詞**までです。

從…到…

♫ 朝／晩
早／晚

♫ 7月／8月
7月／8月

♫ 23日／25日
23號／25號

03 生活長對話

会話①  track C 27

影子跟讀

像影子一樣的跟讀是讓口說突飛猛進的最佳良藥之一。先仔細聆聽會話，再模仿會話人物的聲調、語氣。

阿姨： 太郎君、大学の夏休みはもう始まりましたか。

學生： はい、もう始まりました。

阿姨： いつから始まりましたか。

學生： 7月20日から始まりました。

阿姨： いいですね。どこか行きますか。

學生： はい、明日から東京へ遊びに行きます。

對話中譯

阿姨：太郎，大學開始放暑假了嗎？

學生：是的，已經開始放假了。

阿姨：什麼時候開始的呢？

學生：從7月20號開始的。

阿姨：真好。打算去哪裡玩嗎？

學生：有，明天要去東京玩。

生活短對話 会話② track C 28

💬 **聽聽短對話，還有哪些話題和說法呢？**

先仔細聆聽會話，再模仿會話人物的聲調、語氣，像影子一樣跟著老師學習道地日語。

1

女　士：何時に家につきましたか。

男　士：5時に会社を出ました。でも4時間もかかりました。

2

男學生：この宿題、あさっての金曜日までですよね。

女學生：えっ、違います。明日までですよ。

3

男　士：今日の映画、楽しみだね。で、何時に会う？

女　士：映画は4時半からだから、始まる15分前に、映画館の前に会いましょう？

男　士：そうだね。

對話中譯

1. 女　士：（那天是）幾點到家的？

　　 男　士：5 點離開公司，沒想到整整花了 4 個小時。

2. 男學生：這份作業要在後天，也就是星期五之前交吧？

　　 女學生：什麼？不是喔，明天之前就要交囉！

3. 男　士：好期待今天的電影。那幾點碰面呢？

　　 女　士：電影是 4 點半開始，我們約開演前 15 分鐘在電影院前碰面好嗎？

　　 男　士：好啊。

04

自學就會的對話練習

練習① track 29

💬 **把詞組套入對話中，馬上就會說**

同一個對話還有很多種變化，可以自己練習，也可以找朋友一起聊一聊，重點是一定要開口說。

1

女士：あの レストラン① は何時から開いているか知っていますか。

你知道那家餐廳從幾點開始營業嗎？

2

男士：はい、分かりますよ。え～と、お昼は 11時半② からで、夜は 6時③ からですね。

我知道，呃……中午從 11 點半開始，晚上則是 6 點開始。

3

女士：じゃあ、夕御飯は レストラン④ が始まる 5分 前⑤ に行きましょう。

那麼，今天晚餐就在餐廳開始營業的 5 分鐘前過去吧。

💬 **練習說**

將單字依序填入上面對話的 □ 中！

❶

① ステーキ屋（牛排館）
② 11時（11 點）
③ 5時（5 點）
④ ステーキ屋（牛排館）
⑤ 10分前（10 分鐘前）

❷

① ラーメン屋（拉麵店）
② 12時（12 點）
③ 5時半（5 點半）
④ ラーメン屋（拉麵店）
⑤ 30分前（30 分鐘前）

❸

① 寿司屋（壽司店）
② 10時（10 點）
③ 4時半（4 點半）
④ 寿司屋（壽司店）
⑤ 20分前（20 分鐘前）

❹

① 天ぷら屋（天婦羅餐廳）
② 11時（11 點）
③ 6時半（6 點半）
④ 天ぷら屋（天婦羅餐廳）
⑤ 10分前（10 分鐘前）

❺

① とんかつ屋（日式豬排專賣店）
② 12時半（12 點半）
③ 3時半（3 點半）
④ とんかつ屋（日式豬排專賣店）
⑤ 15分前（15 分鐘前）

05

合併句子　練習②

💬 **善用文法，句子完整又流暢**

如何流暢的把想說的話用一句話說完？參考下方例題，試著把句子合併在一起。

> 例： 晩ご飯を食べます。それから、勉強します。
> → 晩ご飯を食べてから、勉強します。

テレビを見ます。それから、お風呂に入ります。

銀行に行きます。それから、会社に戻ります。

日記を書きます。それから、寝ます。

提出問題

💬 **提出疑問，主動拉近距離**

在對話時，「提問」是非常重要的能力。看看下方的回答，練習回推問句吧！

問 ....。（なに　する）

答 午後は髪を切りに行きます。

問 ....。（仕事　何時　から　まで）

答 仕事は朝9時から午後6時までです。

問 ....。（休み　何時　から）

答 休みは3時からです。

Answer 參考解答

合併句子
テレビを見てから、お風呂に入ります。
銀行に行ってから、会社に戻ります。
日記を書いてから、寝ます。

提出問題
午後は何をしますか。
仕事は何時から何時までですか。
休みは何時からですか。

06 即時應答

練習③

 track 30

💬 從應用到日檢

什麼情況下該說什麼話？日檢考題中不僅涵蓋了非常生活化的問題，應答之中也蘊含了日本曖昧的說話文化。現在就一起來了解！

1 女士：どれぐらい図書館にいましたか。

男士：1 9時から開いていますよ。

2 バスで10分ぐらいです。

3 3時間ぐらいです。

2 女士：すみません、あと10分ぐらいかかります。

男士：1 失礼しました。

2 大丈夫ですよ。

3 どういたしまして。

3 女士：映画は何時に始まりますか。

男士：1 6時半です。

2 6時半までです。

3 今は6時半です。

4 女士：パーティーはもう終わりましたか。

男士：1 まだやっていますよ。

2 たくさん人が来ましたよ。

3 楽しかったですよ。

Answer
翻譯與解答

1 女士：你在圖書館裡待多久了呢？

男士：1. 9點開呀。

2. 搭公車大約10分鐘左右。

③ 大約3個小時。

2 女士：不好意思，我還要花上10分鐘左右。

男士：1. 剛剛真是失禮了。

② 沒關係的。

3. 不客氣。

3 女士：電影從幾點開始呢？

男士：① 6點半。

2. 到6點半結束。

3. 現在是6點半。

4 女士：派對已經結束了嗎？

男士：① 還在進行喔。

2. 有很多人來參加呢。

3. 玩得很盡興喔。

07 自問自答練習

練習④　用自問自答方式，把自己當自己當說話對象，養成隨時用日語思考、對話的習慣，然後串連句子成段，一口氣溜一分鐘日語。

💬 **你的語順對了嗎？看圖練習**

首先看看下面的插圖，請先挑戰旁邊的句子，把它組成通順的句子。

主題：「私の　日曜日」（我的星期天）

❶

1. 私は、日曜日は..........　..........　..........ます。
　①起き　②朝　③早く　④いつも

2. 部屋の　掃除や..........　..........　..........、..........公園を
　散歩します。
　①近くの　②終わって　③洗濯が　④から

3. 公園は、..........、..........　..........何本も　あっ
　て、きれいな　花も　たくさん　咲いて　います。
　①大きな　②木が　③広くて　④とても

❷

1. ....　..........、..........行きます。
　①に　②お昼　③図書館　④から

2. そこで、..........　..........　..........　..........、勉強をしたりし
　ます。
　①３時間　②雑誌を　③読んだり　④ぐらい

3. ５時ごろ..........　..........　..........、テレビを
　見ながら　ゆっくり　食べます。
　①作り　②夕飯を　③帰って　④家に

1. 夜は、..........　..........　..........、早く　寝ます。
　①勉強を　②して　③２時間　④ぐらい

❸

🔔 正確順序，請看
下一頁。

💬 **自己當自己的說話對象**

針對每個句子提出問題，培養問問題的能力，不用出國也能隨時練習。

Section 1

1. 自問： 日曜日は　いつ　起きますか。（星期天幾點起床呢？）

   自答： 私は、日曜日は　いつも　朝　早く　起きます。（我星期天總是很早起床。）

2. 自問： 起きてから　何を　しますか。（起床後都做些什麼呢？）

   自答： 部屋の　掃除や　洗濯が　終わって　から、近くの　公園を　散歩します。（打掃完房間、洗完衣服以後，我會到附近的公園散步。）

3. 自問： 近くの　公園は　どんな　公園ですか。（附近的公園是座什麼樣的公園呢？）

   自答： 公園は、とても　広くて、大きな　木が　何本も　あって、きれいな　花も　たくさん　咲いて　います。（那座公園很大，有好幾棵大樹，也開著很多美麗的花。）

Section 2

1. 自問： お昼からは　何を　しますか。（下午會做什麼呢？）

   自答： お昼から、図書館に　行きます。（下午我會去圖書館。）

2. 自問： 図書館で　何を　しますか。（在圖書館做什麼呢？）

   自答： そこで、3時間ぐらい　雑誌を　読んだり、勉強をしたりします。（在那裡待3個小時左右，看看雜誌或者是讀讀功課。）

3. 自問： 図書館から　出たあと　何を　しますか。（從圖書館出來後，都做些什麼呢？）

   自答： 5時ごろ　家に　帰って　夕飯を　作り、テレビを　見ながら　ゆっくり　食べます。（5點左右回家做晚飯。晚飯自己一個人一面看電視，一面慢慢吃。）

Section 3

1. 自問： 夜は　何を　しますか。（晚上做什麼呢？）

   自答： 夜は、2時間ぐらい　勉強を　して、早く　寝ます。（晚上大約用功兩個小時就早早上床睡覺。）

短句變短文

這樣就可以串聯句子，變成段落。不再只會です、ます結尾了！

1
1. 私は、日曜日は いつも 朝 早く 起きて（←「起きます」改成「起きて」）、
2. 部屋の 掃除や 洗濯が 終わって から（←用「てから」連接兩個句子）、近くの 公園を 散歩します。
3. 公園は、とても 広くて（←「広い」改成「広く＋て」）、大きな 木が 何本も あって（←「あります」改成「あって」）、きれいな 花も たくさん 咲いて います。

2
1. お昼から、図書館に 行って、（←「行きます」改成「行って」）、
2. そこで、3時間ぐらい 雑誌を 読んだり、勉強をしたりします。
3. 5時ごろ 家に 帰って（←「帰ります」改成「帰って」）夕飯を 作り（←「作ります」改成「作り」）、テレビを 見ながら ゆっくり 食べます。

3
1. 夜は、2時間ぐらい 勉強を して（←「します」改成「して」）、早く 寝ます。

短文變長文
一口氣溜一分鐘日語！

　　私は、日曜日は いつも 朝 早く 起きて、部屋の 掃除や 洗濯が 終わって から、近くの 公園を 散歩します。公園は、とても 広くて、大きな 木が 何本も あって、きれいな 花も たくさん 咲いて います。
　　お昼から、図書館に 行って、そこで、3時間ぐらい 雑誌を 読んだり、勉強をしたりします。5時ごろ 家に 帰って 夕飯を 作り、テレビを 見ながら ゆっくり 食べます。
　　夜は、2時間ぐらい 勉強を して、早く 寝ます。

Lesson 6

いち、ほうこう
地點、場所、位置

💬 **看一看下圖，試著說出他們的日文吧！**

生活中不時會有需要問路或報路的情況，尋找物品和擺放布置也是常用會話。

情境 1　　情境 2　　情境 3　　情境 4

01
成為破冰達人　短文　track C 31

💬 **開啟話題的詞組地圖**

從生活中找題材，就有聊不完的話題。關於地點還可以向四面八方延伸，動動腦開啟你的聯想力！

方向

a. 右へ行く。　（往右走。）

b. 左へ曲がる。　（向左轉。）

c. 外で遊ぶ。　（在外面玩。）

d. 中に入る。　（進去裡面。）

e. 後ろを見る。　（看後面。）

f. ドアの前。　（門前。）

g. 隣に住む。　（住在隔壁。）

h. 学校のそば。　（學校旁邊。）

i. 花屋の横にある。　（在花店的旁邊。）

其他

k. 交差点を渡る。　（過十字路口。）

l. 角を曲がる。　（轉彎。）

場所

j. デパートに行く。　（去百貨公司。）

02 文法六宮格

文型 track 32

把生活放進句型裡，就有無限的話題

統整白天到晚上、一年四季都用得到的句子。請將六宮格裡的單字，填入 □ 中。

| 形容詞去い＋くて／形容動詞で | + | 形容詞／形容動詞 です。 | ➡ | ～です。
既…又… |

❶ 食

安くて／美味しい
平價（的）／好吃（的）

高くて／不味い
昂貴（的）／不好吃（的）

❷ 衣

薄くて／涼しい
輕薄（的）／涼爽（的）

厚くて／暖かい
厚（的）／溫暖（的）

❸ 住

広くて／涼しい
寬敞（的）／涼爽（的）

きれいで／静か
乾淨（的）／安靜（的）

❺ 育

深くて／難しい
艱深（的）／難懂（的）

易しくて／面白い
簡單（的）／有趣（的）

生活

❹ 行

速くて／安全
快速（的）／安全（的）

近くて／便利
近（的）／方便（的）

其他文法

> 將 ♫ 標記的字填入**底線**中，練習說！

● この近くに＋**地點**＋はありますか。

這附近有…嗎？

♫ **歯医者**
牙醫診所

♫ **病院**
醫院

♫ **レストラン**
餐廳

● **動作**＋と＋**方向**＋にあります。

只要…就在…

♫ **左に曲がる／右**
向左轉／右手邊

♫ **まっすぐ行く／左**
直走／左手邊

♫ **西に曲がる／目の前**
往西邊轉／眼前

03 生活長對話

会話① track 33

 影子跟讀

像影子一樣的跟讀是讓口說突飛猛進的最佳良藥之一。先仔細聆聽會話，再模仿會話人物的聲調、語氣。

女士： すみません、この近くに魚屋はありますか。

男士： はい、ありますよ。次の角を右に曲がって、

女士： はい。

男士： まっすぐ行くと大きな木があります。

女士： 大きな木ですね。

男士： 大きな木の向こうが魚屋です。

女士： ありがとうございました。

男士： どういたしまして。

對話中譯

女士：不好意思，請問這附近有鮮魚店嗎？

男士：有喔。在下個轉角右轉——

女士：好的……

男士：往前直走有一棵大樹——

女士：會看到一棵大樹……

男士：在大樹的對面就有一家鮮魚店了。

女士：謝謝您。

男士：不客氣。

生活短對話 ^{会話②} track 34

💬 **聽聽短對話，還有哪些話題和說法呢？**

先仔細聆聽會話，再模仿會話人物的聲調、語氣，像影子一樣跟著老師學習道地日語。

1

男士： ちょっとすみません。傘はどこですか。

女士： 傘は新館の２階です。

2

男士： 花瓶はどう置きましょうか。

女士： そうですね。じゃ、上にひとつを置きましょう。次は二つ、下が三つ。

3

女士： ああ、遠くまでよく見えますね。ねえ、田中さんのうちはどれですか。

男士： あのう犬がいる家がありますね。ほら、ドアのところに自転車がある、あれですよ。

4

女士： 今日は駅前のレストランに行きませんか。

男士： 駅まではちょっと時間がかかりますね。隣の喫茶店が近くていいですよ。

女士： そうですね。じゃ、そうしましょう。

對話中譯

1. 男士：不好意思，請問雨傘擺在哪裡呢？
   女士：雨傘放在新館的２樓。

2. 男士：請問花瓶要怎麼擺放呢？
   女士：嗯……那麼，最上面擺一支吧，接著中間擺兩支，最底層擺３支。

3. 女士：哇，連很遠的地方都看得好清楚喔。田中先生家是哪一戶呢？

   男士：呃，看見有一家人養了狗吧？看到了嗎？門邊停著一輛腳踏車的，就是那間房子。

4. 女士：今天要不要去車站前的餐廳呢？
   男士：走到車站那邊要花比較多時間，我們就近到隔壁的咖啡館吧。
   女士：說得也是。好，就按照你的建議。

04 自學就會的對話練習

💬 **把詞組套入對話中，馬上就會說**

同一個對話還有很多種變化，可以自己練習，也可以找朋友一起聊一聊，重點是一定要開口說。

1

男士：私の車ですが、どこに止めましょうか。

我的車，要停在哪裡呢？

2

女士：そうですね、家①の後ろ②に庭③がありますから、そこにお願いします。

我想一下……房子後面有院子，請停在那邊。

3

男士：分かりました。

好的。

💬 **練習說**

將單字依序填入上面對話的 □ 中！

❶
① 学校（學校）
② 東側（東邊）
③ 空地（空地）

❷
① デパート（百貨公司）
② 地下室（地下樓層）
③ 駐車場（停車場）

❸
① 店（商店）
② 隣（旁邊）
③ スペース（空位）

❹
① 公園（公園）
② 横（旁邊）
③ 停める場所（可以停車的地方）

❺
① 駅（車站）
② 南（南邊）
③ パーキング（停車場）

❻
① 川（河邊）
② 前（前面）
③ 公園（公園）

05

合併句子

💬 **善用文法，句子完整又流暢**

如何流暢的把想說的話用一句話說完？參考下方例題，試著把句子合併在一起。

> 例： 左に曲がります。右にあります。
> → 左に曲がると、右にあります。

真っ直ぐ行きます。目の前にあります。

→ ....、.......................................。

角を曲がります。すぐ左にあります。

→ ....。

5分歩きます。公園があります。

→ ....。

提出問題

💬 **提出疑問，主動拉近距離**

在對話時，「提問」是非常重要的能力。看看下方的回答，練習回推問句吧！

問 ....。（どこ　ある）

答 車のかぎはテーブルの上にあります。

問 ....。（どこ　売る）

答 傘は隣のビルの一階で売っています。

問 ....。（どこ　です）

答 郵便局は駅の後ろです。

○ **合併句子**

真っ直ぐ行くと、目の前にあります。
角を曲がると、すぐ左にあります。
5分歩くと、公園があります。

○ **提出問題**

車のかぎはどこにありますか。
傘はどこで売っていますか。
郵便局はどこですか。

06

即時應答

 練習③ track 36

💬 從應用到日檢

什麼情況下該說什麼話？日檢考題中不僅涵蓋了非常生活化的問題，應答之中也蘊含了日本曖昧的說話文化。現在就一起來了解！

1 女士：わたしの家はこの道の先にあります。タクシーの運転手さんに何と言いますか。

男士：1 ここを曲がってください。

　　　2 まっすぐ行ってください。

　　　3 ここで止まってください。

2 女士：トイレに行きたいです。何と言いますか。

男士：1 ちょっと出かけてきます。

　　　2 いってらっしゃい。

　　　3 お手洗いはどこですか。

3 女士：郵便局、どこですか。

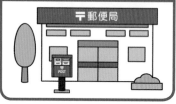

男士：1 行きたかったです。

　　　2 駅の近くです。

　　　3 おもしろかったですよ。

4 女士：そのサングラス、どこで買ったんですか。

男士：1 安かったです。

　　　2 駅の前の眼鏡屋さんです。

　　　3 先週の日曜日です。

Answer
翻譯與
解答

1 女士：我家就在這條路的前方，該如何告訴計程車司機呢？
男士：1.請在這裡轉彎。
②請直走。
3.請在這裡停止。

2 女士：想要去廁所時，該說什麼呢？
男士：1.我出門一下。
2.路上小心。
③請問洗手間在哪裡呢？

3 女士：郵局在哪裡呢？
男士：1.我好想去喔。
②在車站附近。
3.很有趣唷。

4 女士：那副太陽眼鏡，是在哪裡買的呢？
男士：1.買得很便宜。
②車站前面的眼鏡行。
3.上個星期天。

07 自問自答練習 練習④

用自問自答方式，把自己當自己當說話對象，養成隨時用日語思考、對話的習慣，然後串連句子成段，一口氣溜一分鐘日語。

💬 **你的語順對了嗎？看圖練習**

首先看看下面的插圖，請先挑戰旁邊的句子，把它組成通順的句子。

主題：「私の 町の 店」 （我居住的街市上的商店）

①

1. 私が＿＿＿ ＿＿＿ ＿＿＿。
　①ころです　②来た　③日本に

2. 駅の＿＿ ＿＿ ＿＿ ＿＿いました。
　①ならんで　②店が　③小さな　④近くには

3.＿＿ ＿＿ ＿＿ありました。
　①や　②が　③八百屋さん　④魚屋さん

②

1. しかし、2ヶ月前＿＿＿＿＿なくなりました。
　①店が　②小さな　③その　④ぜんぶ

2. ＿＿＿＿＿なりました。
　①な　②大き　③に　④スーパーマーケット

SUPER MARKET

③

1. ＿＿＿＿です。
　①なんでも　②あって　③便利　④スーパーには

2. 八百屋や＿＿＿＿なりました。
　①話が　②魚屋の　③できなく　④おじさん、おばさんと

3. ＿＿＿＿。
　①なりました　②つまらなく　③とても

🔔 正確順序，請看下一頁。

自己當自己的說話對象

針對每個句子提出問題,培養問問題的能力,不用出國也能隨時練習。

Section 1

1. 自問: いつ ごろの 話ですか。(什麼時候?)

   自答: 私が 日本に 来た ころです。(我剛來到日本的時候。)

2. 自問: 駅の 近くは どんな ところでしたか。(車站附近是如何的呢?)

   自答: 駅の 近くには 小さな 店が ならんで いました。(車站附近沿途一家家小商店林立。)

3. 自問: どんな 店が ありましたか。(有哪些商店呢?)

   自答: 八百屋さんや 魚屋さんが ありました。(有蔬果店跟魚鋪。)

Section 2

1. 自問: 何が ありましたか。(發生什麼事了?)

   自答: しかし、2ヶ月前 その 小さな 店が ぜんぶ なくなりました。(可是在兩個月前那些小商店全部消失了。)

2. 自問: 何に なりましたか。(變成如何了?)

   自答: 大きな スーパーマーケットに なりました。(換成了一家大型超級市場。)

Section 3

1. 自問: スーパーは どうですか。(大型超級市場如何呢?)

   自答: スーパーには なんでも あって 便利です。(超級市場裡面什麼都有,非常方便。)

2. 自問: 何が できなく なりましたか。(什麼事情無法做了?)

   自答: 八百屋や 魚屋の おじさん、おばさんと 話が できなく なりました。(從此無法與蔬果店和魚鋪老闆或老闆娘聊天。)

3. 自問: 気持ちは どうなりましたか。(心情什麼變化呢?)

   自答: とても つまらなく なりました。(變得很無聊了。)

短句變短文

這樣就可以串聯句子，變成段落。不再只會です、ます結尾了！

1
1. わたしが 日本に 来た ころ（←刪去「です」）、
2. 駅の 近くには 小さな 店が ならんで いて（←「いました」改 成「いて」）、
3. 八百屋さんや 魚屋さんが ありました。

2
1. しかし、2ヶ月前 その 小さな 店が ぜんぶ なくなって（← 「なりました」改成「なって」）、
2. 大きな スーパーマーケットに なりました。

3
1. スーパーには なんでも あって 便利ですが（←表示「可是」的意 思，加入「が」）、
2. 八百屋や 魚屋の おじさん、おばさんと 話が できなく なっ たので（←原因句，加入「ので」）、
3. とても つまらなく なりました。

短文變長文
一口氣溜一分鐘日語

私が 日本に 来た ころ、駅の 近くには 小さな 店が ならんで いて、八百屋さんや 魚屋さんが ありました。
　しかし、2ヶ月前 その 小さな 店が ぜんぶ なくなって、大きな スーパーマーケットに なりました。
　スーパーには なんでも あって 便利ですが、八百屋や 魚屋の おじ さん、おばさんと 話が できなく なったので、とても つまらなく な りました。

Lesson 7 かいもの 買東西

💬 **看看下圖，想想你最常去哪裡，買些什麼呢？**

去超市要買什麼菜？買洋裝還是褲子？在日本生活，購物日語就是每日必講的會話了。

| 情境 1 | 情境 2 | 情境 3 | 情境 4 |

01

成為破冰達人 短文

 track 37

💬 **開啟話題的詞組地圖**

從生活中找題材，就有聊不完的話題。關於購物還可以向四面八方延伸，動動腦開啟你的聯想力！

物品、數量

a. 6個ください。 （給我6個。）

b. 牛肉を 500 グラム買う。 （買 500 公克的牛肉。）

c. 本を 5 冊買う。 （買 5 本書。）

金錢

d. いくらですか。 （多少錢？）

e. 1千万で買った。 （以 1000 萬日圓買下。）

f. 2 時間で 1 万円だ。 （兩小時一萬元日圓。）

g. 値段が安い。 （價錢便宜。）

h. あまり高くない。 （不太貴。）

i. お金を出す。 （出錢。）

j. お金を貸す。 （借錢給別人。）

其他

k. 車を売る。 （銷售汽車。）

l. 買い物をする。 （買東西。）

文法六宮格

^{文型}

track C 38

💬 把生活放進句型裡，就有無限的話題

統整白天到晚上、一年四季都用得到的句子。請將六宮格裡的單字，填入 □ 中。

（形容詞／形容動詞な） ＋ 名詞 にします。 ➡ ～にします。
我要…

1 食
ワイン
葡萄酒

^{てん}天ぷら
天婦羅

2 衣
ズボン
長褲

^{あか}赤い^{かばん}鞄
紅色包包

3 行
^{ふね}船
船

^{ひこうき}飛行機
飛機

5 樂
^{たか}高いホテル
昂貴的旅館

^{やまのぼ}山登り
登山

生活

4 育
そろばん
算盤

サッカー
足球

💬 **其他文法**

🔔 將 ♫ 標記的字填入**底線**中，練習說！

● **動作**＋しないでください。

請不要…

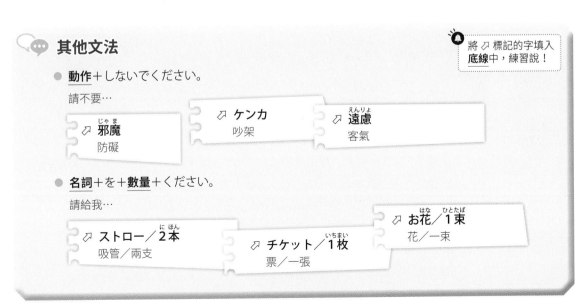

♫ ^{じゃま}邪魔
防礙

♫ ケンカ
吵架

♫ ^{えんりょ}遠慮
客氣

● **名詞**＋を＋**數量**＋ください。

請給我…

♫ ストロー／^{にほん}2本
吸管／兩支

♫ チケット／^{いちまい}1枚
票／一張

♫ ^{はな}お花／^{ひとたば}1束
花／一束

03
生活長對話

会話① track C 39

💬 影子跟讀

像影子一樣的跟讀是讓口說突飛猛進的最佳良藥之一。先仔細聆聽會話,再模仿會話人物的聲調、語氣。

男士： 明日は、福沢さんの誕生日ですね。プレゼントを買いましたか。

女士： まだです。明日の朝、お花を買います。

男士： じゃあ、僕もお花にします。

女士： まねしないでくださいよ。お菓子はどうですか。

男士： でも、僕、去年ケーキをあげたんですよ。お菓子より、お酒はどうでしょう。

女士： 福沢さん、お酒は飲まないから、お菓子の方がいいですよ。チョコレートではどうですか。

男士： そうですね。ケーキと違うから、それがいいですね。

 對話中譯

男士：明天是福澤小姐的生日。你買好禮物了嗎?

女士：還沒。我打算明天一早去買花。

男士：那我也要買花。

女士：不要學我嘛。你送餅乾糖果吧?

男士：可是我去年送過蛋糕了。與其送餅乾糖果,不如送瓶酒?

女士：福澤小姐不喝酒的,送她餅乾糖果比較好喔。不然,巧克力好嗎?

男士：說得也是,這樣和去年的蛋糕不重複,就送那個吧。

生活短對話

会話② track C 40

聽聽短對話，還有哪些話題和說法呢？

先仔細聆聽會話，再模仿會話人物的聲調、語氣，像影子一樣跟著老師學習道地日語。

1

男士： この白（しろ）いかばんはいかがですか。

女士： ちょっと大（おお）きいですね。それに色（いろ）が黒（くろ）い方（ほう）
がいいですね。

2

顧客： 50円切手（ごじゅうえんきって）を3枚（さんまい）と80円切手（はちじゅうえんきって）を5枚（ごまい）お願（ねが）いします。

店員： はい、50円（ごじゅうえん）3枚（さんまい）と80円（はちじゅうえん）5枚（ごまい）ですね。

3

顧客： すみません、このかばんください。

店員： はい。18400円（いちまんはっせんよんひゃくえん）です。毎度（まいど）ありがとうございます。

4

女士： 卵（たまご）とカメラのフィルムを買（か）ってきてください。

男士： はい。あのう、サラダの野菜（やさい）がいりますよね。

女士： あ、それもう買（か）いました。

對話中譯

1. 男士：這個白色的包包好看嗎？
   女士：好像大了點。而且顏色還是選黑色的
   比較好。

2. 顧客：請給我3張50圓郵票和5張80
   圓郵票。
   店員：好的，50圓3張和80圓5張。

3. 顧客：不好意思，我要買這個包包。
   店員：好的，金額是18400圓。謝謝
   惠顧。

4. 女士：請買蛋和相機底片回來。
   男士：好。嗯……還需要做沙拉的蔬菜
   吧。
   女士：喔，那個已經買了。

04
自學就會的對話練習

練習① track 41

💬 把詞組套入對話中，馬上就會說

同一個對話還有很多種變化，可以自己練習，也可以找朋友一起聊一聊，重點是一定要開口說。

1
客人：すみません、この 赤い花① は 1本② いくらですか。

不好意思，請問這種紅色的花一枝多少錢呢？

2
店員：それは、3本で200③ えんですよ。

那個是 3 枝 200 圓。

3
客人：そうですか。では、10本④ お願いします。

好，那麼，請給我 10 枝。

4
店員：わかりました。

好的。

💬 練習說

將單字依序填入上面對話的 □ 中！

1
① 手袋（手套）
② 一組（一雙）
③ 一組 1000（一雙 1000）
④ 二組（兩雙）

2
① ネギ（蔥）
② 一束（一把）
③ 一束 150（一把 150）
④ 二束（兩把）

3
① 卵（蛋）
② ワンパック（一盒）
③ ワンパック 130（一盒 130）
④ トゥーパック（兩盒）

4
① 刺身（生魚片）
② 一人前（一人份）
③ 一人前 1500（一人份 1500）
④ 三人前（3 人份）

5
① 豚肉（豬肉）
② 100 グラム（100 公克）
③ 100 グラム 80（100 公克 80）
④ 500 グラム（500 公克）

05

句子串聯

練習②

💬 看出句子的關係，用適當詞語連接在一起

參考下方例題，試著把句子串聯在一起，就能講出流暢的語句！

> 例： 黄色が好きです。黄色いハンカチのほうがいいです。
> → 黄色が好きだから、黄色いハンカチのほうがいいです。

汚れます。黒のほうがいいです。

→ ....、 ....。

物が多いです。鞄は大きいほうがいいです。

→ ....。

仕事用の物です。丈夫なほうがいいです。

→ ....。

回答問題

💬 聆聽疑問，精準回答

當對方向我們提出疑問，和我們拉近關係時，我們也要能準確回答問題。看看下方的問句，練習回答看看吧！

問　このかばんはいくらですか？

答　......................................。 （18000）

問　アイスクリームはいくつ買いますか？

答　......................................。 （五つ）

問　どれがいいですか。

答　......................................。 （ズボン）

Answer
參考解答

句子串聯
汚れるから、黒のほうがいいです。
物が多いから、鞄は大きいほうがいいです。
仕事用の物だから、丈夫なほうがいいです。

回答問題
18000円です。
五つです。
ズボンがいいです。

06
即時應答 練習③ track C 42

💬 從應用到日檢

什麼情況下該說什麼話？日檢考題中不僅涵蓋了非常生活化的問題，應答之中也蘊含了日本曖昧的說話文化。現在就一起來了解！

1 男士：ほしいカメラがあります。お店の人に何と言いますか。

女士：1 それください。
2 結構です。
3 こちらへどうぞ。

2 男士：「どの服がほしいですか」と聞きたいです。何と言いますか。

女士：1 どこで買いますか。
2 だれが着ますか。
3 どちらがいいですか。

3 男士：この手紙、アメリカまでいくらですか。

女士：1 10時間ぐらいです。
2 300円です。
3 朝8時ごろです。

4 男士：どれがいいですか。

女士：1 では、そうしましょう。
2 これ、どうぞ。
3 赤いのがいいです。

Answer
翻譯與解答 ➡

1 男士：想買某台相機時，該對店員說什麼呢？
女士① 請給我那台。
2. 不用了。
3. 請往這邊走。

2 男士：想要詢問對方想要哪件衣服時，該說什麼呢？
女士：1. 要去哪裡買呢？
2. 是誰要穿的呢？
③ 比較喜歡哪一件呢？

3 男士：請問這封信寄到美國需要多少郵資呢？
女士：1. 大約10個小時左右。
② 300圓。
3. 早上8點前後。

4 男士：你想要哪一個呢？
女士：1. 那麼，就這麼辦吧。
2. 請用這個吧。
③ 我想要紅色的。

07 自問自答練習 練習④

用自問自答方式，把自己當自己當說話對象，養成隨時用日語思考、對話的習慣，然後串連句子成段，一口氣溜一分鐘日語。

💬 你的語順對了嗎？看圖練習

首先看看下面的插圖，請先挑戰旁邊的句子，把它組成通順的句子。

主題：「私(わたし)の お買(か)い物(もの)」（我前往購物）

1

1. 私(わたし)は……………… ……………… ……………… ……………… します。
   ① 毎週(まいしゅう) ② スーパーマーケットで ③ 買(か)い物(もの)を ④ 彼女(かのじょ)と

2. ……………… ……………… ……………… ……………… 、私(わたし)は 上手(じょうず)ではありませんが、好(す)きです。
   ① 上手(じょうず)で ② 彼女(かのじょ)は ③ 買(か)い物(もの)が ④ とても

3. ……………… ……………… ……………… ……………… です。
   ① する ② いっしょに ③ 彼女(かのじょ)と ④ から

2

1. 私(わたし)は 昨日(きのう)、……………… ……………… ……………… ……………… しました。
   ① を ② 一人(ひとり) ③ 買(か)い物(もの) ④ で

2. スーパーマーケットで、トマトを 三(みっ)つ 100円(ひゃくえん)で 売(う)っていましたから、私(わたし)は……………… ……………… ……………… ……………… ました。
   ① 買(か)い ② すぐに ③ と言(い)って ④ 「安(やす)い！」

3

1. 帰(かえ)りに 家(いえ)の 近(ちか)くの 八百屋(やおや)さんで 見(み)たら、………………
   ……………… 100円(ひゃくえん)でした。
   ① 大(おお)きい ② 四(よっ)つで ③ もっと ④ トマトが

🔔 正確順序，請看下一頁。

self-questioning

💬 自己當自己的說話對象

針對每個句子提出問題，培養問問題的能力，不用出國也能隨時練習。

Section 1

1. 自問： いつ 買い物しますか。誰と ですか。（平常什麼時候購物呢？都跟誰呢？）

   自答： 私は 毎週 彼女と スーパーマーケットで 買い物を します。（我每週都跟女朋友上超市購物。）

2. 自問： 買い物は 上手 ですか。（擅長買東西嗎？）

   自答： 彼女は 買い物が とても 上手で、私は 上手ではありませんが、好きです。（女朋友是購物高手，我雖然不很擅長買東西，但喜歡購物。）

3. 自問： どうして 買い物が 好きですか。（為什麼喜歡購物？）

   自答： 彼女と いっしょに する からです。（因為是跟女朋友在一起購物。）

Section 2

1. 自問： 昨日は 買い物しましたか。（昨天買東西了嗎？）

   自答： 私は 昨日、一人で 買い物を しました。（我昨天一個人去買東西。）

2. 自問： どこで 何を 買いましたか。（在哪裡，買了什麼呢？）

   自答： スーパーマーケットで、トマトを 三つ 100円で 売って いましたから、私は 「安い！」と 言って、すぐに 買いました。（超級市場3個蕃茄賣100圓。我喊了聲「好便宜！」，馬上買了。）

Section 3

1. 自問： 家の 近くの 八百屋さんの トマトは いくらですか。（家附近的蔬果店蕃茄多少錢呢？）

   自答： 帰りに 家の 近くの 八百屋さんで 見たら、もっと 大きい トマトが 四つで 100円でした。（回家的路上到家附近的蔬果店一看，發現更大顆的蕃茄4個才賣100圓。）

短句變短文

這樣就可以串聯句子，變成段落。不再只會です、ます結尾了！

1
1. 私は　毎週　彼女と　スーパーマーケットで　買い物を　します。
2. 彼女は　買い物が　とても　上手で（←「です」改成「で」）、私は　上手ではありませんが（←表示「可是」，加入「が」）、好きです。
3. 彼女と　いっしょに　する　からです。

2
1. 私は　昨日、一人で　買い物を　しました。
2. スーパーマーケットで、トマトを　三つ　100 円で　売って　いましたから（←表示「原因」，加入「から」）、私は　「安い！」と　言って（←「と言いました」改成「言って」）、すぐに　買いました。

3
1. 帰りに　家の　近くの　八百屋さんで　見たら（←用「たら」連接兩個句子）、もっと　大きい　トマトが　四つで　100 円でした。

短文變長文
一口氣溜一分鐘日語！

　　私は　毎週　彼女と　スーパーマーケットで　買い物を　します。彼女は　買い物が　とても　上手で、私は　上手ではありませんが、好きです。彼女と　いっしょに　するからです。

　　私は　昨日、一人で　買い物を　しました。スーパーマーケットで、トマトを　三つ　100 円で　売って　いましたから、私は　「安い！」と　言って、すぐに　買いました。

　　帰りに　家の　近くの　八百屋さんで　見たら、もっと　大きい　トマトが　四つで　100 円でした。

しょくじ
聊飲食、餐廳點餐

💬 **看看下圖，說說你喜歡的吃飯方式吧！**

從日常閒聊到餐廳點餐，我們總是離不開飲食，和剛認識的日本朋友也一定要一起吃飯認識彼此。不知道該聊什麼時，就聊聊飲食吧！

情境 1	情境 2	情境 3	情境 4

01
成為破冰達人　短文

track C 43

💬 **開啟話題的詞組地圖**

從生活中找題材，就有聊不完的話題。關於飲食還可以向四面八方延伸，動動腦開啟你的聯想力！

吃

a. 晩ご飯を作る。（做晚餐。）

b. 料理をする。（做菜。）

c. 肉料理はおいしい。（肉類菜餚非常可口。）

調味料

h. 醤油を入れる。（加醬油。）

i. 塩をかける。（灑鹽。）

j. 砂糖をつける。（沾砂糖。）

喝

d. コーヒーをいれる。（沖泡咖啡。）

e. 牛乳を飲む。（喝牛奶。）

f. 薬を飲む。（吃藥。）

g. お酒が嫌いです。（我不喜歡喝酒。）

餐具

k. ナイフで切る。（用刀切開。）

l. お皿を洗う。（洗盤子。）

02 文法六宮格 ^{文型} track 44

💬 把生活放進句型裡，就有無限的話題

統整白天到晚上、一年四季都用得到的句子。請將六宮格裡的單字，填入 □ 中。

| 名詞 | をお願_{ねが}いします。 ➡ | ~をお願_{ねが}いします。
我要… |

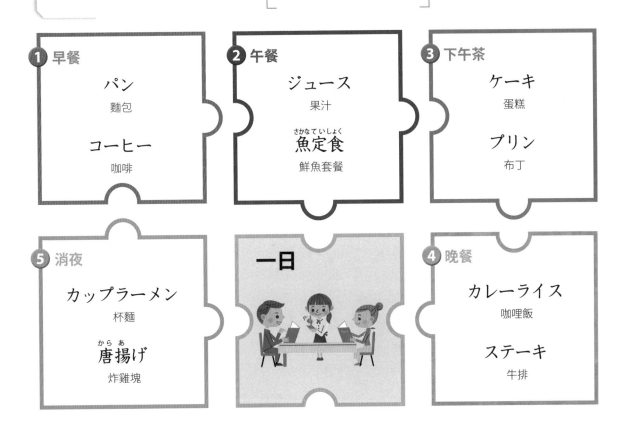

①早餐
パン
麵包

コーヒー
咖啡

②午餐
ジュース
果汁

魚定食_{さかなていしょく}
鮮魚套餐

③下午茶
ケーキ
蛋糕

プリン
布丁

⑤消夜
カップラーメン
杯麵

唐揚_{から あ}げ
炸雞塊

一日

④晚餐
カレーライス
咖哩飯

ステーキ
牛排

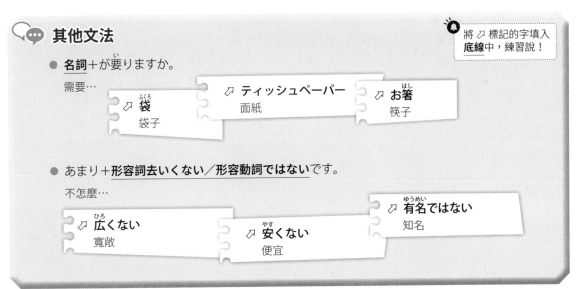

💬 **其他文法**

🔔 將 ♬ 標記的字填入**底線**中，練習說！

● **名詞**＋が要_いりますか。

需要…　　♬ 袋_{ふくろ}　　♬ ティッシュペーパー　　♬ お箸_{はし}
　　　　　　袋子　　　　面紙　　　　筷子

● あまり＋**形容詞去い**くない／**形容動詞ではない**です。

不怎麼…

♬ 広_{ひろ}くない　　♬ 安_{やす}くない　　♬ 有名_{ゆうめい}ではない
寬敞　　　　便宜　　　　知名

03 生活長對話

影子跟讀

像影子一樣的跟讀是讓口說突飛猛進的最佳良藥之一。先仔細聆聽會話，再模仿會話人物的聲調、語氣。

男士： 皆<ruby>みな</ruby>さん席<ruby>せき</ruby>に着<ruby>つ</ruby>きましたので、ご飯<ruby>はん</ruby>いただきましょうか。

女士： そうですね。いただきましょう。トニーさん、フォークかスプーンが要<ruby>い</ruby>りますか。

男士： いいえ。結構<ruby>けっこう</ruby>です。

女士： いつもお箸<ruby>はし</ruby>で食<ruby>た</ruby>べているんですか。

男士： ええ、日本<ruby>にほん</ruby>に来<ruby>き</ruby>てから練習<ruby>れんしゅう</ruby>しました。ほら、結構<ruby>けっこう</ruby>じょうずでしょ。

女士： まあ、本当<ruby>ほんとう</ruby>にお上手<ruby>じょうず</ruby>ですね。

對話中譯

男士：大家都就座了，那就開動吧。

女士：是呀，各位請用。Tony 先生，您需要叉子或湯匙嗎？

男士：不需要，沒問題的。

女士：您平常都用筷子吃飯嗎？

男士：是的，來日本以後練過了。您看，用得還算順手吧。

女士：哎，真的很順手呢。

生活短對話 会話② track 46

 聽聽短對話，還有哪些話題和說法呢？

先仔細聆聽會話，再模仿會話人物的聲調、語氣，像影子一樣跟著老師學習道地日語。

1

女士：　お酒（さけ）にしますか、ジュースにしますか。

男士：　お酒（さけ）をお願（ねが）いします。

2

女士：　冷（つめ）たいのと熱（あつ）いのとどちらがいいですか。

男士：　熱（あつ）いのをお願（ねが）いします。

3

男士：　これ、おいしいですね。

女士：　ありがとうございます。

4

女士：　コーヒーあまりおいしくないわ。

男士：　この紅茶（こうちゃ）はおいしいよ。

女士：　そう、前（まえ）はコーヒーもおいしかったですけどね。

對話中譯

1. 女士：請問要喝酒還是果汁呢？
　　男士：請給我酒。

2. 女士：有冷飲和熱飲，請問您要哪一種呢？
　　男士：請給我熱飲。

3. 男士：這個，很好吃耶。
　　女士：謝謝。

4. 女士：咖啡不怎麼好喝。
　　男士：這杯紅茶滿好喝的。
　　女士：是嗎？明明之前咖啡的味道也很好的。

04

自學就會的對話練習

練習①
track C 47

💬 把詞組套入對話中，馬上就會說

同一個對話還有很多種變化，可以自己練習，也可以找朋友一起聊一聊，重點是一定要開口說。

1 女士：少し休みましょう。

休息一下吧。

2 男士：そうですね。

也好。

3 女士：お茶①と コーヒー②どちらがいいですか。

想喝茶還是咖啡呢？

4 男士：コーヒー③をお願いします。

請給我咖啡。

💬 練習說

將單字依序填入上面對話的 □ 中！

①

① ビール （啤酒）

② お酒 （日本酒）

③ ビール （啤酒）

②

① ミルクティー （奶茶）

② 紅茶 （紅茶）

③ 紅茶 （紅茶）

③

① ケーキ （蛋糕）

② プリン （布丁）

③ プリン （布丁）

④

① 麦茶 （麥茶）

② ウーロン茶 （烏龍茶）

③ 麦茶 （麥茶）

⑤

① うどん （烏龍麵）

② そば （蕎麥麵）

③ うどん （烏龍麵）

⑥

① ジュース （果汁）

② コーラ （可樂）

③ ジュース （果汁）

05

句子串聯
練習②

💬 看出句子的關係，用適當詞語連接在一起

參考下方例題，試著把句子串聯在一起，就能講出流暢的語句！

> 例： 料理は高かったです。すごくおいしかったです。満足でした。
> → 料理は高かったが、すごくおいしくて、満足でした。

作るのが大変でした。上手に出来ました。嬉しかったです。

→ ....、........................、........................。

あのレストランは遠かったです。料理は珍しかったです。とてもうまかったです。

→ ....。

西瓜を食べると手が汚れます。甘いです。好きです。

→ ....。

提出問題

💬 提出疑問，主動拉近距離

在對話時，「提問」是非常重要的能力。看看下方的回答，練習回推問句吧！

問 ....。 （いつも どんな 朝ご飯）

答 パンと牛乳です。

問 ....。 （熱い 冷たい どちら）

答 熱いのをお願いします。

問 ....。 （牛乳 いれる）

答 はい、牛乳をいれてください。

Answer 參考解答

句子串聯
作るのが大変でしたが、上手にできて、嬉しかったです。
あのレストランは遠かったですが、料理は珍しくて、とてもうまかったです。
西瓜を食べると手が汚れますが、甘くて好きです。

提出問題
あなたはいつもどんな朝ご飯ですか。
熱いのと冷たいのとどちらがいいですか。
牛乳はいれますか。

06

即時應答　練習③　 track 48

💬 從應用到日檢

什麼情況下該說什麼話？日檢考題中不僅涵蓋了非常生活化的問題，應答之中也蘊含了日本曖昧的說話文化。現在就一起來了解！

1 男士：レストランにお客さんが入ってきました。何と言いますか。

女士：1　いらっしゃいませ。
　　　2　ありがとうございました。
　　　3　いただきます。

2 男士：お客さんに飲み物を出します。何と言いますか。

女士：1　どうも。
　　　2　いただきます。
　　　3　どうぞ。

3 男士：小さいお皿もいりますか。

女士：1　ごちそうさまでした。
　　　2　もうおなかいっぱいです。
　　　3　はい、お願いします。

4 男士：一つ、どうですか。

女士：1　ありがとうございます。
　　　2　どういたしまして。
　　　3　どうぞ。

Answer
翻譯與解答

1 男士：顧客走進餐廳裡了，這時該說什麼呢？
女士：①歡迎光臨。
　　　2. 謝謝惠顧。
　　　3. 我要開動了。

2 男士：端出飲料招待客人時，該說什麼呢？
女士：1. 謝謝。
　　　2. 那我就不客氣了。
　　　③請用。

3 男士：小盤子也需要嗎？
女士：1. 承蒙招待了。
　　　2. 我已經吃得很飽了。
　　　③對，麻煩你了。

4 男士：要不要嚐一個呢？
女士：①謝謝。
　　　2. 不客氣。
　　　3. 請用。

07 自問自答練習 練習④

用自問自答方式，把自己當自己當說話對象，養成隨時用日語思考、對話的習慣，然後串連句子成段，一口氣溜一分鐘日語。

💬 你的語順對了嗎？看圖練習

首先看看下面的插圖，請先挑戰旁邊的句子，把它組成通順的句子。

主題：「私は　料理を　作る　ことが　できました」（我會做菜了）

1. 私は　今年から、＿＿＿＿　＿＿＿＿　＿＿＿＿　＿＿＿＿ います。
   ①習いながら　②母に　③作って　④晩ご飯を

2. 初めて　一人で　作った　ときは、上手に　できませんでしたが、今は　上手に　なって、＿＿＿＿　＿＿＿＿　＿＿＿＿
   ＿＿＿＿ います。
   ①食べて　②父も　③言って　④おいしいと

②

1. 昨日は　そぼの　たんじょうびでした。そぼは、父の　お母さんで、もう＿＿＿＿　＿＿＿＿、＿＿＿＿　＿＿＿＿ です。
   ①元気　②なるのですが　③とても　④９０歳に

2. 母と　私は　そぼの　すきな　料理を　作って、＿＿＿＿　＿＿＿＿
   ＿＿＿＿　＿＿＿＿、弟は、ケーキを　買って　来ました。
   ①ラジオを　②プレゼントして　③父は　④新しい

3. ＿＿＿＿　＿＿＿＿　＿＿＿＿　＿＿＿＿ ました。
   ①立て　②ロウソクを　③９本　④ケーキには

③

1. そぼは　お酒を　少し　飲んだので、＿＿＿＿　＿＿＿＿　＿＿＿＿　＿＿＿＿、とても　うれしそうでした。
   ①が　②いました　③赤い　④顔をして

2. ＿＿＿＿　＿＿＿＿　＿＿＿＿　＿＿＿＿ ほしいです。
   ①元気で　②ずっと　③いて　④これからも

🔔 正確順序，請看下一頁。

💬 自己當自己的說話對象

針對每個句子提出問題，培養問問題的能力，不用出國也能隨時練習。

Section 1

1. 自問： あなたは 料理を 作りますか。（你做料理嗎？）

   自答： 私は 今年から、母に 習いながら 晩ご飯を 作って います。（我今年開始在媽媽的指導之下開始學做晚飯。）

2. 自問： 料理は どうですか。（料理如何呢？）

   自答： 初めて 一人で 作った ときは、上手に できませんでしたが、今は 上手に なって、父も おいしいと 言って 食べて います。（雖然剛開始我自己一個做的時候，沒有做得很成功。但現在做得很好，爸爸也邊吃邊稱讚說很好吃。）

Section 2

1. 自問： 昨日は どんな 日でしたか。（昨天是什麼日子呢？）

   自答： 昨日は そぼの たんじょうびでした。そぼは、父の お母さんで、もう 90歳に なるのですが、とても 元気です。（昨天是祖母的生日。祖母是我爸爸的母親，雖然已經高齡90歲了，但還是非常硬朗。）

2. 自問： おばあさんの たんじょうびに みんなで 何を しましたか。（祖母生日大家都做了什麼呢？）

   自答： 母と 私は そぼの すきな 料理を 作って、父は、新しい ラジオを プレゼントして、弟は、ケーキを 買って 来ました。（祖母生日那天，媽媽和我做了祖母喜歡的菜餚，爸爸送了一台新的收音機當作禮物，弟弟買來了蛋糕。）

3. 自問： ケーキには 何を 立てましたか。（蛋糕插上幾根蠟燭呢？）

   自答： ケーキには ロウソクを 9本 立てました。（蛋糕，插上了9根蠟燭。）

Section 3

1. 自問： その日 おばあさんは どんな 様子でしたか。（那一天祖母是什麼樣子呢？）

   自答： そぼは お酒を 少し 飲んだので、赤い 顔を して いましたが、とても うれしそうでした。（由於祖母喝了一點酒，臉都變紅了，但是她非常開心。）

2. 自問： おばあさんの ことは どう 思いますか。（對祖母有什麼希望呢？）

   自答： これからも ずっと 元気で いて ほしいです。（希望祖母往後依然永遠老當益壯。）

短句變短文

這樣就可以串聯句子，變成段落。不再只會です、ます結尾了！

1
1. 私は　今年から、母に　習いながら　晩ご飯を　作って　います。
2. 初めて　一人で　作った　ときは、上手に　できませんでしたが（←表示「可是」，加入「が」）、今は　上手に　なって（←「なりました」改成「なって」）、父も　おいしいと　言って　食べて　います。

2
1. 昨日は　そぼの　たんじょうびでした。そぼは、父の　お母さんで（←「です」改成「で」）、もう９０歳に　なるのですが（←表示「可是」，加入「が」）、とても　元気です。
2. 母と　私は　そぼの　すきな　料理を　作って（←「作りました」改成「作って」）、父は、新しい　ラジオを　プレゼントして（←「しました」改成「して」）、弟は、ケーキを　買って　来ました。
3. ケーキには　ロウソクを　９本　立てました。

3
1. そぼは　お酒を　少し　飲んだので（←表示「原因」，加入「ので」）、赤い　顔を　して　いましたが（←「が」表示前置詞，無意）、とても　うれしそうでした。
2. これからも　ずっと　元気で　いて　ほしいです。

短文變長文
一口氣溜一分鐘日語

　　私は　今年から、母に　習いながら　晩ご飯を　作って　います。初めて　一人で　作った　ときは、上手に　できませんでしたが、今は　上手に　なって、父も　おいしいと　言って　食べて　います。
　　昨日は　そぼの　たんじょうびでした。そぼは、父の　お母さんで、もう９０歳に　なるのですが、とても　元気です。母と　私は　そぼの　すきな　料理を　作って、父は、新しい　ラジオを　プレゼントして、弟は、ケーキを　買って　来ました。ケーキには　ロウソクを　９本　立てました。
　　そぼは　お酒を　少し　飲んだので、赤い　顔を　して　いましたが、とても　うれしそうでした。これからも　ずっと　元気で　いて　ほしいです。

Lesson 9

しゅみ 興趣嗜好

💬 **看看下圖，你喜歡從事的興趣有哪些呢？**

你的假日都是如何安排的呢？是喜歡戶外運動，還是喜歡靜靜的待在家裡？透過興趣，可以結交到志同道合的朋友。

情境 1　　情境 2　　情境 3　　情境 4

01
成為破冰達人 短文

track 49

💬 **開啟話題的詞組地圖**

從生活中找題材，就有聊不完的話題。關於興趣嗜好還可以向四面八方延伸，動動腦開啟你的聯想力！

靜態

a. レコードを聴く。（聽唱片。）

b. ギターを弾く。（彈吉他。）

c. 歌が上手だ。（擅長唱歌。）

d. 絵を描く。（畫圖。）

e. 写真を撮る。（照相。）

f. 映画が始まる。（電影開始播放。）

g. 雑誌を読む。（閱讀雜誌。）

h. 漫画が面白い。（漫畫很有趣。）

動態

i. 山に登る。（爬山。）

j. 川で魚をとる。（在河邊釣魚。）

k. 運動が好きだ。（喜歡運動。）

 其他

l. 甘いものが大好きだ。（最喜歡甜食。）

02 文法九宮格 ^{文型}

track 50

💬 **把生活放進句型裡，就有無限的話題**

統整白天到晚上、一年四季都用得到的句子。請將九宮格裡的單字，填入 □ 中。

名詞	や	名詞	が有名です。	➡	~や~が有名です。

〜や〜が<ruby>有名<rt>ゆうめい</rt></ruby>です。
…和…很有名

❶ 台灣

<ruby>台北<rt>たいぺい</rt></ruby> 101 ／<ruby>夜市<rt>よ いち</rt></ruby>

台北 101 ／夜市

アイス／<ruby>豆乳<rt>とうにゅう</rt></ruby>

冰品／豆漿

❷ 東京

<ruby>東京<rt>とうきょう</rt></ruby>スカイツリー／
<ruby>東京<rt>とうきょう</rt></ruby>タワー

東京晴空塔／東京鐵塔

<ruby>寿司<rt>す し</rt></ruby>／ラーメン

壽司／拉麵

❸ 關西

<ruby>お茶<rt>ちゃ</rt></ruby>／<ruby>お菓子<rt>か し</rt></ruby>

日本茶／餅乾點心

<ruby>タコ焼<rt>や</rt></ruby>き／<ruby>お好み焼<rt>この や</rt></ruby>き

章魚燒／大阪燒

❽ 非洲

コーヒー／
チョコレート

咖啡／巧克力

<ruby>自然<rt>し ぜん</rt></ruby>／<ruby>動物<rt>どう ぶつ</rt></ruby>　大自然／動物

四處旅行

❹ 九州

<ruby>明太子<rt>めん たい こ</rt></ruby>／
とんこつラーメン

明太子／豚骨拉麵

<ruby>滝<rt>たき</rt></ruby>／<ruby>海<rt>うみ</rt></ruby>　瀑布／海

❼ 美國

ハンバーガー／ピザ

漢堡／披薩

ステーキ／
フライドチキン

牛排／炸雞

❻ 韓國

キムチ／<ruby>焼肉<rt>やき にく</rt></ruby>

辛奇／韓式烤肉

<ruby>化粧品<rt>け しょうひん</rt></ruby>／<ruby>音楽<rt>おん がく</rt></ruby>

化妝品／音樂

❺ 北海道

<ruby>海鮮<rt>かい せん</rt></ruby>／ビール

海鮮／啤酒

<ruby>牛乳<rt>ぎゅうにゅう</rt></ruby>／チーズ

牛奶／起司

💬 **其他文法**

🎵 將標記的字填入
底線中，練習說！

● **名詞＋は＋名詞＋で有名です。**

…的…很有名

🎵 <ruby>台湾<rt>たいわん</rt></ruby>／タピオカミルクティー
台灣／珍珠奶茶

🎵 <ruby>愛媛<rt>え ひめ</rt></ruby>／みかん
愛媛縣／橘子

🎵 <ruby>茨城県<rt>いばらきけん</rt></ruby>／<ruby>納豆<rt>なっとう</rt></ruby>
茨城縣／納豆

03 生活長對話

会話① track C 51

💬 **影子跟讀**

像影子一樣的跟讀是讓口說突飛猛進的最佳良藥之一。先仔細聆聽會話，再模仿會話人物的聲調、語氣。

女士： 李さんは旅行が好きですか。

男士： はい。大好きです。

女士： いままで、どこに行きましたか。

男士： 昨年、京都へ行きました。

女士： 他にはどこに行きましたか。

男士： まだ京都だけです。もっといろいろなところに行きたいですが…。

女士： じゃあ、来週の土曜日、一緒に横浜に行きませんか。

男士： いいですね。

女士： マリンタワーや中華街が有名です。

男士： そうですか。ぜひ行きたいです。

對話中譯

女士：李先生喜歡旅行嗎？

男士：是的，非常喜歡。

女士：您去過了哪些地方呢？

男士：去年去了京都。

女士：還到過哪裡呢？

男士：目前只玩過京都。雖然還想去更多不同的地方走走看看……。

女士：那麼，下個星期六要不要一起去橫濱呢？

男士：好耶！

女士：那裡的海洋塔和中華街是知名景點。

男士：這樣啊，那非去不可！

生活短對話　会話② track 52

💬 **聽聽短對話，還有哪些話題和說法呢？**

先仔細聆聽會話，再模仿會話人物的聲調、語氣，像影子一樣跟著老師學習道地日語。

1

女士：えっと、まず一番上に。自分の名前を書いてください。

それから、その下にやりたいスポーツを書いてください。

男士：はい。空手です。

2

男士：かんさんは休みにどこへ行きましたか。

女士：私は友だちと旅行に行きました。

3

男士：伊藤さんは休みの日は何をしますか。

女士：そうですね。私はテニスが好きですから、テニスに

よく行きます。

4

女士：昨日海へ行きました。

男士：海は人が多かったでしょう。

女士：朝はあまり人はいませんでした。

對話中譯

1. 女士：嗯……首先請從最上面開始填寫。
請寫上自己的名字，然後在下面
寫上想從事的運動項目。
男士：好的。是空手道。

2. 男士：簡小姐假日去了哪裡呢？
女士：我和朋友去旅行了。

3. 男士：伊藤小姐假日通常都做些什麼呢？
女士：嗯……我喜歡打網球，所以常去
打網球。

4. 女士：我昨天去了海邊。
男士：海邊人很多吧。
女士：早上沒什麼人。

04

自學就會的對話練習

練習① track 53

把詞組套入對話中，馬上就會說

同一個對話還有很多種變化，可以自己練習，也可以找朋友一起聊一聊，重點是一定要開口說。

1

男士：伊藤さんは 絵① が大好きと聞きました。どんな 絵② が好きなんですか。

聽說伊藤小姐很喜歡欣賞畫作。您喜歡什麼類型的畫呢？

2

女士：なんでも好きですよ。 動物や 海の絵③ が多いですね。でも一番好きなのは 青い海の絵④ です。

各種類型都喜歡呀。比較喜歡的是動物或海洋的繪畫，不過最喜歡的還是蔚藍大海的畫作。

練習說

將單字依序填入上面對話的 □ 中！

1
① 映画（電影）
② 映画（電影）
③ アクションや SF の映画（動作片或科幻片）
④ ホラー映画（恐怖片）

2
① 写真（攝影照片）
② 写真（攝影照片）
③ 人や猫の写真（人物或貓咪的照片）
④ 建物の写真（建築物的照片）

3
① 本（書）
② 本（書）
③ 絵本や雑文（繪本或散文）
④ 小説（小説）

4
① 旅（旅行）
② 旅（旅行）
③ 鉄旅やバス旅（火車旅行或巴士旅行）
④ 自転車旅（自行車旅行）

5
① スポーツ（運動）
② スポーツ（運動）
③ 水泳やジョギング（游泳或慢跑）
④ 野球（棒球）

05 句子串聯
練習②

💬 **看出句子的關係，用適當詞語連接在一起**

參考下方例題，試著把句子串聯在一起，就能講出流暢的語句！

> 例： 絵を描くことが習慣になっています。いつもノートと鉛筆を持っています。
> → 絵を描くことが習慣になっているので、いつもノートと鉛筆を持っています。

毎週料理をしています。いろいろな料理ができます。

→ ....、.................................。

毎日走っています。10キロ走っても疲れません。

→ ....。

小さい時から犬を飼っています。犬の気持ちがよくわかります。

→ ....。

回答問題

💬 **聆聽疑問，精準回答**

當對方向我們提出疑問，和我們拉近關係時，我們也要能準確回答問題。看看下方的問句，練習回答看看吧！

問　あなたは料理ができますか。

答　はい、....................................。（毎日　する）

問　あなたは泳ぐことができますか。

答　いいえ、....................................。（できる）

問　あなたはピアノが上手ですか。

答　いいえ、....................................。（まだ　初心者）

句子串聯
毎週料理をしているので、いろいろな料理ができます。
毎日走っているので、10キロ走っても疲れません。
小さい時から犬を飼っているので、犬の気持ちがよくわかります。

回答問題
毎日しています。
できません。
私はまだ初心者です。

06 即時應答

練習③

track © 54

💬 **從應用到日檢**

什麼情況下該說什麼話？日檢考題中不僅涵蓋了非常生活化的問題，應答之中也蘊含了日本曖昧的說話文化。現在就一起來了解！

---

1 男士：映画、どうでしたか。

女士：1 つまらなかったです。

2 妻と行きました。

3 駅の前の映画館です。

---

2 男士：絵がとても上手ですね。

女士：1 どういたしまして。

2 ありがとうございます。

3 よくできましたね。

---

3 男士：テニスは好きですか。

女士：1 好きな方です。

2 はい、やりました。

3 いいえ、ありません。

---

4 男士：昨日楽しかったですか。

女士：1 はい、楽しいです。

2 はい、とっても。

3 いいえ、楽しかったです。

Answer
翻譯與
解答

1 男士：那部電影好看嗎？
女士：① 乏味極了。
2. 我和太太一起去。
3. 就是在車站前的那家電影院。

2 男士：你圖畫得真好。
女士：1. 不客氣。
② 謝謝。
3. 畫得真棒呀。

3 男士：喜歡網球嗎？
女士：① 還算喜歡。
2. 是的，打過了。
3. 不，沒有。

4 男士：昨天玩得開心嗎？
女士：1. 是！現在很開心。
② 是！非常開心。
3. 不，昨天很開心。

07 自問自答練習 練習④

用自問自答方式，把自己當自己當說話對象，養成隨時用日語思考、對話的習慣，然後串連句子成段，一口氣溜一分鐘日語。

💬 **你的語順對了嗎？看圖練習**

首先看看下面的插圖，請先挑戰旁邊的句子，把它組成通順的句子。

主題：「私の 趣味」（我的興趣）

1

1. 私の……………………………………………こと です。

   ① テニスを　② する　③ 趣味は　④ 週末に

2. ……………………………………………ました。

   ① 頃　② から　③ 始め　④ 中学生の

3. 大学生の……………………………………………います。

   ① ずっと　② 習って　③ 今まで　④ テニススクールで

2

1. ……………………………………………います。

   ① 習慣に　② なって　③ 動かすことが　④ 体を

2. 週末に……………………………………………です。

   ① するくらい　② 好き　③ なると　④ わくわく

3

1. テニスを　する　ときに、…………………………………………

   できるからです。

   ① ことが　② 友達を　③ つくる　④ 新しい

2. ……………………………………………です。

   ① て　② 嬉しい　③ とても　④ 楽しく

🔊 正確順序，請看下一頁。

self-questioning

💬 **自己當自己的說話對象**

針對每個句子提出問題，培養問問題的能力，不用出國也能隨時練習。

Section 1

1. 自問： 趣味は 何ですか。 （你的興趣是什麼呢？）

   自答： 私の 趣味は 週末に テニスを する ことです。 （我的興趣是每週末打網球。）

2. 自問： その 趣味は いつからですか。 （興趣是從什麼時候開始的呢？）

   自答： 中学生の 頃から 始めました。 （從中學時期開始的。）

3. 自問： 今まで ずっと どこで 習って いますか。 （到現在為止都在哪裡學的呢？）

   自答： 大学生の 今まで ずっと テニススクールで 習って います。 （直到現在大學的整個學生時代，都在網球教室鍛鍊球技。）

Section 2

1. 自問： テニスを 始めてから どうなりましたか。 （開始學網球之後，身體變得如何呢？）

   自答： 体を 動かすことが 習慣に なって います。 （由於已經習慣了體能運動。）

2. 自問： どのくらい 好きですか。 （有多喜歡呢？）

   自答： 週末に なると わくわく するくらい 好きです。 （喜歡到一到週末總是雀躍不已的程度。）

Section 3

1. 自問： どうして テニスが 好きですか。 （為什麼喜歡網球？）

   自答： テニスを する ときに、新しい 友達を つくる ことが できるからです。 （打網球時，可以交到新朋友。）

2. 自問： どんな 気持ちですか。 （什麼心情呢？）

   自答： とても 楽しくて 嬉しいです。 （讓我非常開心。）

短句變短文

這樣就可以串聯句子，變成段落。不再只會です、ます結尾了！

1
1. 私の　趣味は　週末に　テニスを　する　ことで（←「です」改成「で」）、
2. 中学生の　頃から　始めて（←「始めました」改成「始めて」）、
3. 大学生の　今まで　ずっと　テニススクールで　習って　います。

2
1. 体を　動かすことが　習慣に　なって　いて（←「います」改成「いて」）、
2. 週末に　なると（←用「と」連接兩個句子）、わくわく　する　くらい　好きです。

3
1. テニスを　する　ときに、新しい　友達を　つくる　ことが　できるから（←刪去「です」）、
2. とても　楽しくて　嬉しいです。

短文變長文
一口氣溜一分鐘日語

　　私の　趣味は　週末に　テニスを　する　ことで、中学生の　頃から　始めて、大学生の　今まで　ずっと　テニススクールで　習って　います。

　　体を　動かすことが　習慣に　なって　いて、週末に　なると　わくわく　するくらい　好きです。

　　テニスを　する　ときに、新しい　友達を　つくる　ことが　できるから、とても　楽しくて　嬉しいです。

Lesson 10 がっこうせいかつ 學校生活

💬 **想一想，你的學校生活是怎麼樣的呢？喜歡什麼科目？參加過什麼活動嗎？**

學校的生活多采多姿，不論是上課時間的學習，還是放學後或假期的安排都十分豐富，是幾乎人人都有的一段難忘時光。

情境 1	情境 2	情境 3	情境 4

01 成為破冰達人　短文

track C 55

💬 **開啟話題的詞組地圖**

從生活中找題材，就有聊不完的話題。關於學校生活還可以向四面八方延伸，動動腦開啟你的聯想力！

課堂

a. 夏休みが始まる。（放暑假。）
b. 教室で授業をする。（在教室上課。）
c. 問題に答える。（回答問題。）

h. 作文を書く。（寫作文。）

文具

i. ボールペンで書く。（用原子筆寫。）
j. ノートを取る。（寫筆記。）
k. 辞書で調べる。（查字典。）
l. 紙に書く。（寫在紙上。）

書寫

d. 宿題をする。（寫作業。）
e. テストを受ける。（應考。）
f. 片仮名で書く。（用片假名寫。）
g. 漢字を学ぶ。（學漢字。）

02 文法九宮格 ^{文型} track 56

💬 把生活放進句型裡，就有無限的話題

統整白天到晚上、一年四季都用得到的句子。請將九宮格裡的單字，填入 □ 中。

名詞 を／に 動詞ます形 たいです。 ➡ ～を／に～たいです。
想要…

① 第1天
お酒／飲み
酒／喝
料理／食べ
美食／吃

② 第2天
山／登り
山／爬
髪／切り
頭髪／剪

③ 第3天
運動／し
運動／做
テニス／やり
網球／打

⑧ 第8天
散歩／し
散步／去
果物／食べ
水果／吃

我的假期

④ 第4天
ゲーム／し
電玩／打
温泉／入り
溫泉／泡

⑦ 第7天
音楽／聞き
音樂／聽
小説／読み
小說／看

⑥ 第6天
本／借り
書／借
コーヒー／飲み
咖啡／喝

⑤ 第5天
部屋／予約し
住宿客房／預訂
チケット／買い
票／買

💬 **其他文法**

将 ♫ 標記的字填入底線中，練習說！

● 名詞＋は＋なんと＋動詞ます形＋ますか。
…要怎麼…呢？

♫ お名前／言い
貴姓大名／稱呼

♫ 手紙／書き
信／寫

♫ この言葉／発音し
這個語詞／發音

03

生活長對話

会話① track 57

💬 影子跟讀

像影子一樣的跟讀是讓口說突飛猛進的最佳良藥之一。先仔細聆聽會話，再模仿會話人物的聲調、語氣。

媽媽： おはよう。きょうは早いですね。何をしているんですか。

兒子： おはよう。きのう宿題をしなかったので、今しています。

媽媽： どうしてきのうしなかったんですか。

兒子： きのうはとても疲れていたので、晩ごはんを食べてお風呂に入ったあと、すぐに寝ました。

媽媽： そうですか。じゃあ、きょうからは、晩ごはんの前に宿題をするほうがいいですね。

兒子： そうします。

對話中譯

媽媽：早。今天這麼早起，在做什麼呢？

兒子：早。昨天沒寫作業，現在正在寫。

媽媽：為什麼昨天沒寫呢？

兒子：因為昨天很累，吃過晚飯洗過澡就睡了。

媽媽：原來如此。那從今天開始，應該在吃晚飯前先把作業寫完喔。

兒子：好的。

生活短對話 会話② track 58

💬 聽聽短對話，還有哪些話題和說法呢？

先仔細聆聽會話，再模仿會話人物的聲調、語氣，像影子一樣跟著老師學習道地日語。

1

女　士：　どのくらい日本語を勉強していますか。

男　士：　1年です。

2

學　生：　すみません、明日の授業を休みたいんですが。

老　師：　そうですか、いそがしいですか。

學　生：　いえ、あのう、ちょっと病院へ。

3

女　士：　すみません、この字はなんと読みますか。

男　士：　それですか、それは「た」と読みます。漢字の「夕方」の「夕」と同じですが、片仮名です。

4

男學生：　今日は4日ですから、この宿題は11日までに先生に渡せばいいですね。

女學生：　いいえ、今日は5日ですよ。

男學生：　あれ、間違いましたか。あ、今日は5日ですね。じゃあ、1週間ですから、12日までですね。

對話中譯

1. 女士：請問日文學多久了呢？

男士：一年。

2. 學生：不好意思，明天的課我想請假……。

老師：這樣嗎？有事要忙嗎？

學生：不是，那個……我要去醫院。

3. 女士：不好意思，請問這個字怎麼讀？

男士：妳要問那個字嗎？那個字讀做「TA」。雖然跟漢字「夕方」的「夕」字形相同，但這是片假名。

4. 男學生：今天是4號，所以這份作業在11號之前交給老師就可以了吧。

女學生：不對喔，今天是5號耶。

男學生：咦，我記錯了？啊，今天的確是5號。那麼下週交作業，也就是12號截止囉。

04
自學就會的對話練習
練習①
track 59

💬 把詞組套入對話中，馬上就會說

同一個對話還有很多種變化，可以自己練習，也可以找朋友一起聊一聊，重點是一定要開口說。

1 女士：漢字①の練習しているんですか。

在練習寫漢字嗎？

2 男士：はい。きょう新しいのを勉強しましたので。

對，因為今天學了新的。

3 女士：トニーさん、結構上手ですね。たくさん練習しているのですか。

東尼先生很厲害唷。經常練習嗎？

4 男士：ありがとうございます。毎日②1時間③ぐらいは練習しています。

謝謝誇獎。每天大約練習一個小時左右。

5 女士：すごいですね。

真有毅力。

💬 練習說

將單字依序填入上面對話的 □ 中！

1
① 英語（英文）
② 一週間（〈每〉一週）
③ 3日（3天）

2
① 書道（書法）
② 毎週の土曜日（每週六）
③ 半日（半天）

3
① 空手（空手道）
② 2日（〈每〉兩天）
③ 1回（一次）

4
① ダンス（舞蹈）
② 一週間に（〈每〉一週）
③ 10時間（10小時）

6
① 料理（烹飪）
② 毎週（每週）
③ 2回（兩次）

5
① ピアノ（鋼琴）
② 毎日（每天）
③ 30分（30分鐘）

05 合併句子

練習②

善用文法，句子完整又流暢

如何流暢的把想說的話用一句話說完？參考下方例題，試著把句子合併在一起。

> 例： 卒業します。そして、働くつもりです。
> → 卒業したら、働くつもりです。

お金を貯めます。そして、旅をするつもりです。

→ ....、............................。

料理の勉強をします。そして、店を開くつもりです。

→ ....。

有名になります。そして、国へ帰るつもりです。

→ ....。

回答問題

聆聽疑問，精準回答

當對方向我們提出疑問，和我們拉近關係時，我們也要能準確回答問題。看看下方的問句，練習回答看看吧！

問　日本語はどのぐらい勉強しましたか。

答　............................。 （一か月）

問　大学で何を勉強していますか。

答　............................。 （英語）

問　卒業したら、何をするつもりですか。

答　............................。 （海外　働く　行く）

Answer
參考解答

合併句子
お金を貯めたら、旅をするつもりです。
料理の勉強をしたら、店を開くつもりです。
有名になったら、国へ帰るつもりです。

回答問題
一か月ぐらいです。
英語です。
海外へ働きに行きたいです。

06 即時應答

練習③ track 60

💬 從應用到日檢

什麼情況下該說什麼話？日檢考題中不僅涵蓋了非常生活化的問題，應答之中也蘊含了日本曖昧的說話文化。現在就一起來了解！

1 男士：道で、きょう学校に来なかった友だちに会いました。何と言いますか。

女士：1　いつ休みましたか。
　　　2　なぜ休みましたか。
　　　3　だれが休みましたか。

2 男士：新しい漢字を習っています。何と言いますか。

女士：1　どう読みますか。
　　　2　どう見ますか。
　　　3　だれが書きましたか。

3 男士：テスト、どうでしたか。

女士：1　難しかったです。
　　　2　若かったです。
　　　3　小さかったです。

4 男士：テスト100点でしたよ。

女士：1　じゃ、お元気で。
　　　2　大変でしたね。
　　　3　よくできましたね。

Answer
翻譯與解答

1 男士：在路上碰到今天沒來學校的朋友，該說什麼呢？
女士：1. 什麼時候沒去上學的呢？
②為什麼沒去上學呢？
3. 是誰沒去上學呢？

2 男士：學習新漢字時，可以怎麼說呢？
女士：①.請問該怎麼唸呢？
2.請問該怎麼看呢？
3.請問是誰寫的呢？

3 男士：考試如何呢？
女士：①很難。
2. 很年輕。
3. 很小。

4 男士：我考100分耶！
女士：1. 那請多加珍重。
2. 那真是辛苦你了。
③你真厲害呀。

07

自問自答練習 練習④

用自問自答方式，把自己當自己當說話對象，養成隨時用日語思考、對話的習慣，然後串連句子成段，一口氣溜一分鐘日語。

💬 你的語順對了嗎？看圖練習

首先看看下面的插圖，請先挑戰旁邊的句子，把它組成通順的句子。

> 主題：「私の　勉強」（我的學習）

①

1. ＿＿＿＿　＿＿＿＿、＿＿＿＿　＿＿＿＿勉強しました。

　①３年間　②は　③ぐらい　④ぼく

2. 日本の＿＿＿＿　＿＿＿＿　＿＿＿＿　しました。

　①ようふくの　②勉強　③専門学校で　④デザインを

②

1. ＿＿＿＿　＿＿＿＿　＿＿＿＿、ぼくは、日本の　ようふくの　デザインの　会社で　仕事を　始めました。

　①を　②卒業して　③専門学校　④から

2. ＿＿＿＿　＿＿＿＿　＿＿＿＿、国に　帰って、国の　会社で　働きたいです。

　①なった　②上手に　③ら　④デザインが

3. ＿＿＿＿　＿＿＿＿　＿＿＿＿作りたいからです。

　①服を　②安い　③デザインで　④よい

③

1. また　ぼくが　国に　帰るのを　両親も、＿＿＿＿　＿＿＿＿　＿＿＿＿　＿＿＿＿、早く　帰って、彼ら　にも　会いたいです。

　①まって　②から　③います　④彼女も

正確順序，請看下一頁。

self-questioning

💬 **自己當自己的說話對象**

針對每個句子提出問題，培養問問題的能力，不用出國也能隨時練習。

Section 1

1. 自問： 学校で 何年ぐらい勉強しましたか。（學校生活大約有幾年。）

   自答： ぼくは、3年間ぐらい勉強しました。（我大約3年左右。）

2. 自問： どんな 学校で 何を 勉強しましたか。（在什麼學校唸書呢？）

   自答： 日本の 専門学校で ようふくの デザインを 勉強しました。（我想在日本的專門學校，學習服裝設計。）

Section 2

1. 自問： 卒業して から、何を しましたか。（校畢業後，要做什麼呢？）

   自答： 専門学校を 卒業して から、ぼくは、日本の ようふくの デザインの 会社で 仕事を 始めました。（專門學校畢業後，我到日本的服裝設計公司上班。）

2. 自問： ずっと 日本で 働きたいですか。（想一直在日本工作嗎？）

   自答： デザインが 上手に なったら、国に 帰って、国の 会社で 働きたいです。（等我服裝設計技術變好了，就會回國，在國內的公司工作。）

3. 自問： 国に 帰りたいのは なぜですか。（為什麼想回國呢？）

   自答： よい デザインで 安い 服を 作りたいからです。（希望製作出物美價廉的服裝。）

Section 3

1. 自問： 国へ 帰って、誰に 会いたいですか。（回國之後想見誰呢？）

   自答： また ぼくが 国に 帰るのを 両親も、彼女も まって いますから、早く 帰って、彼らにも 会いたいからです。（另外，因為我父母和女朋友都在等著我回國，我希望能盡早回去跟他們相見。）

短句變短文

這樣就可以串聯句子，變成段落。不再只會です、ます結尾了！

❶ 1. ぼくは、3年間ぐらい（←刪去「勉強しました」）、
2. 日本の　専門学校で　ようふくの　デザインを　勉強しました。

❷ 1. 専門学校を　卒業して　から（←用「てから」連接兩個句子）、ぼくは、日本の　ようふくの　デザインの　会社で　仕事を　始めました。
2. デザインが　上手に　なったら（←用「たら」連接兩個句子）、国に　帰って、（←「帰ります」改成「帰って」）国の　会社で　働いて（←「働きたいです」改成「働いて）」、
3. よい　デザインで　安い　服を　作りたいからです。

❸ 1. また　ぼくが　国に　帰るのを　両親も、彼女も　まって　いますから、（←表示「原因」，加入「から」）早く　帰って（←「帰ります」改成「帰って」）、彼らにも　会いたいです。

短文變長文
一口氣溜一分鐘日語

　　ぼくは、3年間ぐらい、日本の　専門学校で　ようふくの　デザインを　勉強しました。
　　専門学校を　卒業して　から、ぼくは、日本の　ようふくの　デザインの　会社会社で　仕事を　始めました。デザインが　上手に　なったら、国に　帰って、国の　会社で　働いて、よい　デザインで　安い　服を　作りたいからです。
　　また　ぼくが　国に　帰るのを　両親も、彼女も　まって　いますから、早く　帰って、彼らにも　会いたいです。

看看下圖，你都用什麼交通工具通勤呢？最喜歡的又是哪一種方式呢？

眾多交通工具中，有的快、有的慢，有的價格昂貴、有的便宜划算，討論喜歡的交通方式也能更了解對方的愛好呢。

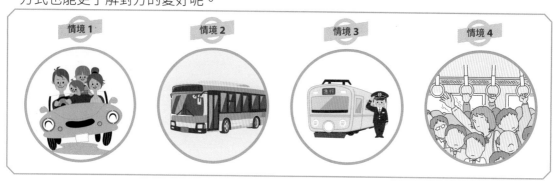

情境 1　情境 2　情境 3　情境 4

01
成為破冰達人
短文　track 61

開啟話題的詞組地圖

從生活中找題材，就有聊不完的話題。關於交通還可以向四面八方延伸，動動腦開啟你的聯想力！

交通工具

a. 地下鉄に乗る。（搭地鐵。）
b. 飛行機が飛ぶ。（飛機飛行。）
c. タクシーに乗る。（搭乘計程車。）
d. 電車が来る。（電車抵達。）
e. 車を運転する。（開車。）

f. バスから降りる。
　（從公車上下來。）

步行

g. エレベーターに乗る。（搭電梯。）
h. 駅まで歩く。（走到車站。）
i. 速く走る。（快跑。）
j. 足が遅い。（走路慢。）

其他

k. 道に迷う。（迷路。）
l. 橋を渡る。（過橋。）

02 文法九宮格 文型 track 62

💬 把生活放進句型裡，就有無限的話題

統整白天到晚上、一年四季都用得到的句子。請將六宮格裡的單字，填入 □ 中。

| 名詞 | を | 動詞て形 | から | 動作 | 。 |
| 交通工具 | に | 乗って | から | 動作 | 。 |

➡️ [～を／に～から～。 先…再…]

---

①學校
バス／乗^のって／
歩^{ある}きます
公車／搭／走路

掃除^{そうじ}／して／勉強^{べんきょう}します
打掃／以後／讀書

②圖書館
自転車^{じてんしゃ}／乗^のって／
歩^{ある}きます
腳踏車／騎／走路

本^{ほん}／探^{さが}して／読^よみます
書／找／閱讀

③車站
自転車^{じてんしゃ}／乗^のって／
走^{はし}ります
腳踏車／騎／飛奔

チケット／買^かって／入^{はい}ります
車票／買／進站

⑧診所
車^{くるま}／運転^{うんてん}して／
歩^{ある}きます
車／開／步行

予約^{よやく}／して／行^いきます
預約／之後／前往

移動地圖

④泡溫泉
自転車^{じてんしゃ}／止^とめて／
歩^{ある}きます
腳踏車／停妥／走路

料金^{りょうきん}／払^{はら}って／入^{はい}ります
費用／付／進場

⑦神社
バス／降^おりて／
歩^{ある}きます
公車／下／步行

挨拶^{あいさつ}／して／入^{はい}ります
招呼／打／入內

⑥朋友家
バス／乗^のって／
電車^{でんしゃ}に乗^のります
公車／搭／搭電車

約束^{やくそく}／して／行^いきます
約定／之後／前往

⑤餐廳
地下鉄^{ちかてつ}／乗^のって／
タクシーに乗^のります
地下鐵／搭／坐計程車

注文^{ちゅうもん}／して／待^まちます
餐點／點好／等候

💬 **其他文法**

🔔 將 ♫ 標記的字填入底線中，練習說！

● 名詞＋は＋形容詞＋から。

因為…很…

♫ バイク／危^{あぶ}ない
摩托車／危險

♫ バス／安^{やす}い
公車／便宜

♫ 歩^{ある}くの／遅^{おそ}い
步行前往／很慢

03 生活長對話

 影子跟讀

像影子一樣的跟讀是讓口說突飛猛進的最佳良藥之一。先仔細聆聽會話，再模仿會話 人物的聲調、語氣。

女士： 明日から旅行ね。

男士： まず飛行機に乗って、その後電車とバス。

女士： なんか大変ね。飛行機の後タクシーにしない？

男士： タクシーは高いから。

女士： じゃ、電車を降りてからタクシーは？

男士： ああ、そうだね。そうしよう。

對話中譯

女士：明天就要旅行了耶！

男士：先搭飛機，再轉乘電車和巴士。

女士：聽起來好麻煩。下飛機後搭計程車去吧？

男士：計程車的車資太貴了。

女士：那，下電車後搭計程車如何？

男士：哦，也好，就這麼辦吧。

生活短對話 会話② track 64

💬 聽聽短對話，還有哪些話題和說法呢？

先仔細聆聽會話，再模仿會話人物的聲調、語氣，像影子一樣跟著老師學習道地日語。

1

男士： いつもどうやって学校にいきますか。

女士： そうですね。家から駅まで自転車です。それから、電車に乗って、次はバス、最後はここまで歩いてきます。

2

乗客： すみません、電車の中にかばんを忘れました。

站員： 中に何が入っていますか。

乗客： 人形です。あっ、花の絵のハンカチもありました。

3

女士： 昨日は大変でしたね。

男士： ええ、雨と風で電車が止まりましたから。

4

女士： 太郎君はいつも自転車で大学に行っているんですね。

男士： はい、近いですから。

對話中譯

1. 男士：妳通常用什麼方式到學校？
   女士：問我怎麼到學校嗎？從家裡到車站是騎腳踏車。接下來是搭電車，再轉公車，最後步行到這裡。

2. 乘客：不好意思，我把包包忘在電車裡了。
   站員：請問包包裡面有什麼東西呢？
   乘客：玩偶。啊，還有花卉圖案的手帕。

3. 女士：昨天很辛苦吧。
   男士：是啊，因為颳大風下大雨的緣故，連電車停駛了。

4. 女士：太郎總是騎腳踏車去大學校園呢。
   男士：是啊，因為很近。

04

自學就會的對話練習 　練習①　track C 65

💬 把詞組套入對話中，馬上就會說

同一個對話還有很多種變化，可以自己練習，也可以找朋友一起聊一聊，重點是一定要開口說。

1
男士：今日は何で帰りますか。

你今天要怎麼回家呢？

2
女士：今日は 歩いて① 帰ります。

今天要走路回家。

3
男士： 歩いて② 何分ぐらいかかりますか。

走路大概要幾分鐘呢？

4
女士： 15分③ ぐらいです。

15 分鐘左右。

💬 練習說

將單字依序填入上面對話的 □ 中！

1
① 自転車で（騎腳踏車）
② 自転車で（騎腳踏車）
③ 20分（20 分鐘）

2
① 走って（跑步）
② 走って（跑步）
③ 30分（30 分鐘）

3
① バイクで（騎摩托車）
② バイクで（騎摩托車）
③ 10分（10 分鐘）

4
① 地下鉄で（搭地下鐵）
② 地下鉄で（搭地下鐵）
③ 35分（35 分鐘）

6
① 車で（開車）
② 車で（開車）
③ 25分（25 分鐘）

5
① 電車で（搭電車）
② 電車で（搭電車）
③ 40分（40 分鐘）

05

合併句子
練習②

💬 **善用文法，句子完整又流暢**

如何流暢的把想說的話用一句話說完？參考下方例題，試著把句子合併在一起。

> 例： 電車を降ります。すぐ家に帰りました。
> → 電車を降りって、すぐ家に帰りました。

家に帰ります。すぐ寝ました。

→ ....、 すぐ..。

台湾に着きます。すぐかき氷を食べました。

→ ....。

国に帰ります。すぐ友達と会いました。

→ ....。

回答問題

💬 **聆聽疑問，精準回答**

當對方向我們提出疑問，和我們拉近關係時，我們也要能準確回答問題。看看下方的問句，練習回答看看吧！

問　歩くとどのぐらいかかりますか。

答　..。（10分）

問　車を止める場所はありますか。

答　はい、..。（駐車場）

問　空港まではいくらですか。

答　..。（2000）

Answer
參考解答

合併句子
家に帰って、すぐ寝ました。
台湾に着いて、すぐかき氷を食べました。
国に帰って、すぐ友達と会いました。

回答問題
歩いて 10 分ほどです。
駐車場があります。
2000 円です。

③ PRACTICE

即時應答
練習③ track 66

💬 從應用到日檢

什麼情況下該說什麼話？日檢考題中不僅涵蓋了非常生活化的問題，應答之中也蘊含了日本曖昧的說話文化。現在就一起來了解！

1 男士：向こうから車が来ますが、子どもは道を渡るつもりです。何と言いますか。

女士：1　危ないですね。

2　危ないです。

3　危ないですよ。

2 男士：前を歩いていた男の人が、電車の切符を落としました。何といいますか。

女士：1　切符落としちゃダメじゃないですか。

2　切符なくしましたよ。

3　切符落としましたよ。

3 男士：あなたは、何で学校に行きますか。

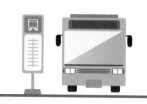

女士：1　とても近いです。

2　バスです。

3　妹と一緒に行きます。

4 男士：この車には今から何人乗りますか。

女士：1　私の車です。

2　3人です。

3　先に乗ります。

1 男士：對向有來車，但是小朋友正要過馬路。這時候該說什麼呢？
女士：1. 好危險對吧。
2. 危險。
③ 很危險喔！

2 男士：走在前面的先生遺落了電車車票。這時候該說什麼呢？
女士：1. 怎麼可以把車票弄丟了呢！
2. 您把車票弄丟了喔。
③ 您的車票掉了喔。

3 男士：妳用什麼交通方式上學？
女士：1. 非常近。
② 搭公車。
3. 和妹妹一起去。

4 男士：有幾個人要搭這輛車？
女士：1. 我的車。
② 3個人。
3. 我先搭。

07 自問自答練習 _{練習④}

用自問自答方式，把自己當自己當說話對象，養成隨時用日語思考、對話的習慣，然後串連句子成段，一口氣溜一分鐘日語。

💬 你的語順對了嗎？看圖練習

首先看看下面的插圖，請先挑戰旁邊的句子，把它組成通順的句子。

主題：「私の 楽しい 旅行」（我的快樂旅行）

①

1. 去年、………… ………… ………… 行きました。
   ①沖縄に　②私は　③旅行に　④友だちと

2. 沖縄は、日本の　南の　ほうに………… …………、
   ………… ………… ことで　有名です。
   ①海が　②きれいな　③ある　④島で

②

1. 私たちは、………… ………… ………… 行って　泳ぎました。
   ①海に　②降りて　③飛行機を　④すぐ

2. その　あと、………… ………… ………… ました。
   ①行き　②見に　③古い　④お城を

3. お城は、他の　ところで　見た　ものと………… ………… …………
   …………、友だちは　写真を　たくさん　とりました。
   ①だったので　②おもしろい　③違って　④たてもの

③

1. ………… ………… …………、4時ごろ　ホテルに　向かいました。
   ①あと　②見た　③を　④お城

2. ホテルの　門の　前で、………… ………… ………… …………かわいかったので、私は　その　ねこの　写真を　とりました。
   ①いて　②とても　③ねこが　④寝て

3. ねこの………… ………… …………思いました。
   ①みて　②と　③「いい写真だ」　④写真を

正確順序，請看下一頁。

💬 **自己當自己的說話對象**

針對每個句子提出問題，培養問問題的能力，不用出國也能隨時練習。

Section 1

1. 自問： 去年、旅行に 行きましたか。（去年去旅行了嗎？）

   自答： 去年、私は 友だちと 沖縄に 旅行に 行きました。（去年我和朋友去了沖繩旅行。）

2. 自問： 沖縄は どんな ところですか。（沖繩是個什麼樣的地方？）

   自答： 沖縄は、日本の 南の ほうに ある 島で、海が きれいな ことで 有名 です。（沖繩是位於日本南方的島嶼，以美麗的海景著稱。）

Section 2

1. 自問： 沖縄に 着いたあと、すぐ 何を しましたか。（一到沖繩，立刻做了什麼呢？）

   自答： 私たちは、飛行機を 降りて すぐ 海に 行って 泳ぎました。（我們一下 了飛機，立刻去了海邊游泳。）

2. 自問： その あと、何を しましたか。（游完泳後做了什麼呢？）

   自答： その あと、その あと、古い お城を 見に 行きました。
   （游完泳後再去參觀了古老的城堡。）

3. 自問： お城は どうでしたか。（城堡如何呢？）

   自答： お城は、他の ところで 見た ものと 違って おもしろい たてものだっ たので、友だちは しゃしんを たくさん とりました。（那座城堡和我在其他 地方看到的城堡都不一樣，是一座很有意思的建築。因此，朋友拍下了很多張城堡的照片。）

Section 3

1. 自問： お城を 見たあと、何を しましたか。（看完城堡以後，做了什麼呢？）

   自答： お城を 見た あと、4時ごろ、ホテルに 向かいました。（看完城堡以後，大 約4點左右，我們前往旅館。）

2. 自問： ホテルの 前に 何が いましたか。（在旅館的門前有什麼呢？）

   自答： ホテルの 門の 前で、ねこが 寝て いて、とても かわいかったので、私 は その ねこの 写真を とりました。（在旅館的門前有一隻貓咪在睡覺。那隻 貓咪實在長得太可愛了，所以我拍了那隻貓咪的照片。）

3. 自問： ねこの 写真は どうですか。（貓咪的照片如何呢？）

   自答： ねこの 写真を みて 「いい写真だ」と 思いました。（看了隻貓咪的照片， 我心想「這張照片真棒」。）

💬 短句變短文

這樣就可以串聯句子，變成段落。不再只會です、ます結尾了！

①

1. 去年、私は 友だちと 沖縄に 旅行に 行きました。

2. 沖縄は、日本の 南の ほうに ある 島で（←「です」改成「で」）、海が きれいな ことで 有名です。

②

1. 私たちは、飛行機を 降りて（←「降ります」改成「降りて」）すぐ 海に 行って 泳ぎました。

2. その あと、古い お城を 見に 行きました。

3. お城は、他の ところで 見た ものと 違って おもしろい たてものだったので（←表示「原因」，加入「ので」）、友だちは 写真を たくさん とりました。

③

1. お城を 見た あと（←用「たあと」連接兩個句子）、4時ごろ、ホテルに 向かいました。

2. ホテルの 門の 前で、ねこが 寝て いて（←「ています」改成「いて」）、とても かわいかったので（←表示「原因」，加入「ので」）、私は その ねこの 写真を とりました。

3. ねこの 写真を みて（←「て形」連接句子）、「いい写真だ」と 思いました。

短文變長文
一口氣溜一分鐘日語！

去年、私は 友だちと 沖縄に 旅行に 行きました。沖縄は、日本の 南の ほうに ある 島で、海が きれいな ことで 有名です。

私たちは、飛行機を 降りて すぐ 海に 行って 泳ぎました。その あと、古い お城を 見に 行きました。お城は、他の ところで 見た ものと 違って おもしろい たてものだったので、友だちは 写真を たくさん とりました。

お城を 見た あと、4時ごろ、ホテルに 向かいました。ホテルの 門の 前で、ねこが 寝て いて、とても かわいかったので、私は その ねこの 写真を とりました。ねこの 写真を みて、「いい写真だ」と 思いました。

日本語從2266
到連溜1分鐘：
自問自答法＋
4口語技巧演練大公開

自學會話 01 ▶（16K＋QR Code線上音檔＋MP3）

- ■ 發行人／　林德勝
- ■ 著者／　　吉松由美、西村惠子、田中陽子、山田社日檢題庫小組
- ■ 設計主編／　吳欣樺
- ■ 日文編輯／　李易真
- ■ 出版發行／　山田社文化事業有限公司
  - 地址　臺北市大安區安和路一段112巷17號7樓
  - 電話　02-2755-7622　02-2755-7628
  - 傳真　02-2700-1887
- ■ 郵政劃撥／　19867160號　大原文化事業有限公司
- ■ 總經銷／　聯合發行股份有限公司
  - 地址　新北市新店區寶橋路235巷6弄6號2樓
  - 電話　02-2917-8022
  - 傳真　02-2915-6275
- ■ 印刷／　上鎰數位科技印刷有限公司
- ■ 法律顧問／　林長振法律事務所　林長振律師
- ■ 書＋QR Code線上音檔＋MP3／　定價　新台幣249元
- ■ 初版／　2022年8月